DE LIBRO E CASTIGO

I MISTERI DELLA LIBERIA NEVERMORE, BOOK 8

STEFFANIE HOLMES

ISCRIVITI ALLA NEWSLETTER PER RICEVERE AGGIORNAMENTI

Vuoi una scena bonus gratuita dal punto di vista di Quoth e le regole del negozio di Heathcliff? Se ti iscrivi alla newsletter di Steffanie Holmes riceverai una copia gratuita di *Cabinet of Curiosities:* un compendio di racconti e scene bonus di Steffanie Holmes.

http://www.steffanieholmes.com/newsletteritalian

Ogni settimana, nella mia newsletter, parlo di vere e proprie infestazioni, strani avvenimenti, rovine fatiscenti e fatti inquietanti che ispirano le mie storie. Con la newsletter riceverai anche scene bonus e aggiornamenti esclusivi. Adoro parlare con i miei lettori, quindi unisciti a noi per un po' di spettrale divertimento:)

DE LIBRO E CASTIGO

La penna ne può più della spada, soprattutto se piena di veleno.

Mina Wilde è entusiasta di essere stata invitata a un prestigioso ritiro per scrittori alla Meddleworth House. Heathcliff, Morrie e Quoth decidono di andare con lei per farle compagnia e partecipare ad alcune delle numerose attività della tenuta.

Mina è elettrizzata all'idea di ricevere un feedback sul suo primo romanzo, ma i suoi sogni di diventare una star della scrittura si infrangono quando gli altri scrittori fanno a pezzi il suo lavoro. Un po' di critica non ha mai fatto male a nessuno, giusto?

Sbagliato.

La pittoresca vacanza in campagna diventa presto mortale con l'avvicinarsi di una violenta tempesta. Mentre gli scrittori si riuniscono intorno al fuoco per una critica dei rispettivi lavori, salta la corrente. Quando si riaccendono le luci, si scopre che uno di loro è stato ucciso con la sua stessa penna!

Le uniche persone che potrebbero aver commesso il crimine sono gli altri scrittori e, non avendo modo di entrare o uscire dal maniero, Mina si lancia nella risoluzione del mistero della stanza chiusa. Ma mentre la nostra investigatrice preferita elimina i sospetti uno dopo l'altro, deve affrontare una verità terrificante.

Ci sono altre tre persone che potrebbero essere entrate nella stanza e aver commesso l'omicidio: i suoi fidanzati. Fin dove si spingerebbero Morrie, Quoth e Heathcliff per salvare la reputazione letteraria di Mina?

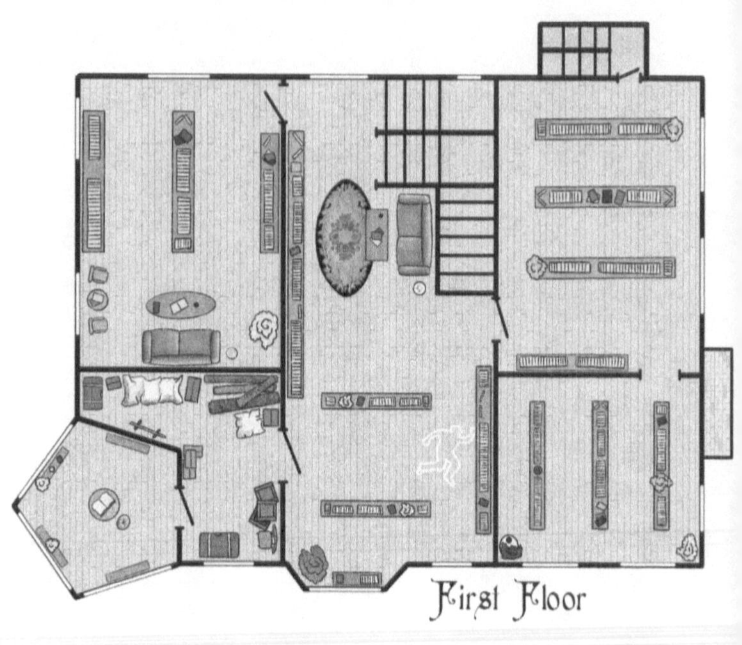

First Floor

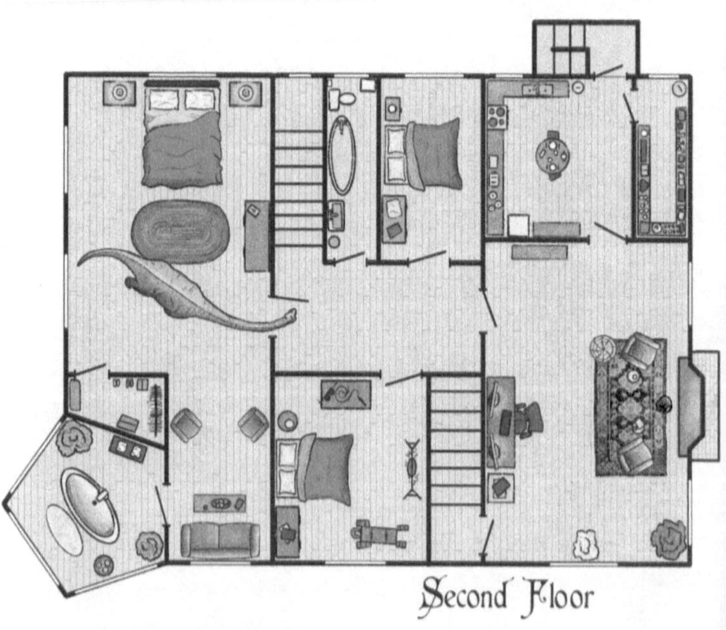

Second Floor

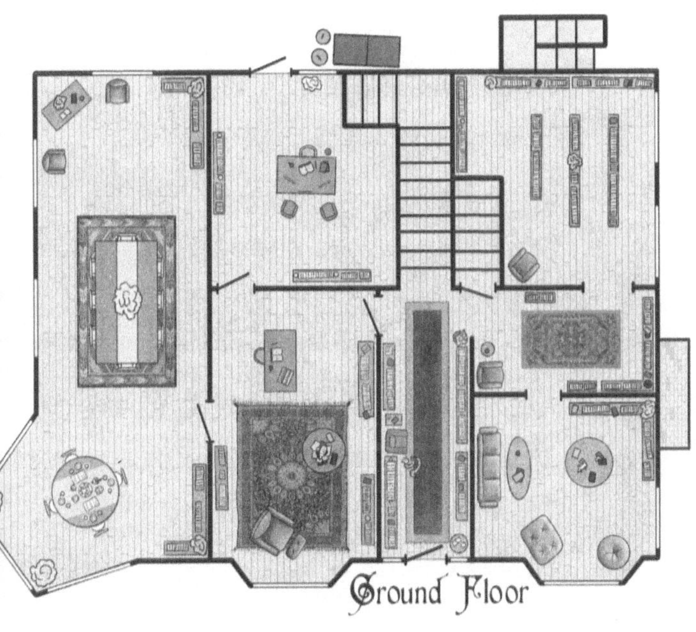

Ground Floor

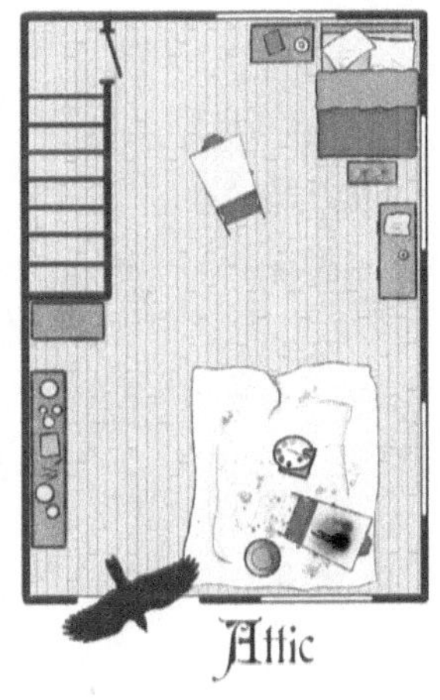

Attic

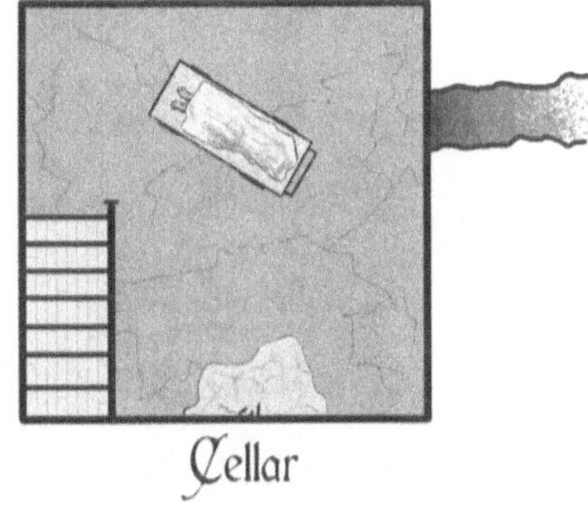

Cellar

Ai lettori di tutto il mondo, che trattano il tè come trattano i libri: acquistando entrambi senza troppe domande, giusto per dare una sferzata di sole al cervello. Anche se in casa ne hanno già in grande quantità e dai gusti più che perfetti.

Ma se la speranza se n'è andata
In una notte o in una giornata,
In una visione o in nessuna,
È forse svanita di meno?
Tutto ciò che vediamo o ciò che appare
Non è che un sogno dentro un sogno.

Edgar Allan Poe, "Un sogno dentro un sogno",
    1849

I

Parlai al telefono per inviare una risposta a Bree, poi sollevai di scatto gli occhi quando la mia testa andò a sbattere contro il tettuccio dell'auto.

«Sarò anche cieca, ma sono abbastanza sicura che non siamo più su una strada carrabile.»

«Rilassati, bellezza.» La più importante mente criminale del mondo si chinò sul volante, la minuscola auto elettrica che si lanciava giù per un pendio terribilmente ripido. «Ho il pieno controllo di questo veicolo.»

«È di questo che ho paura» mormorai mentre sbandavamo

di lato, con le ruote che perdevano presa sul terreno viscido sotto di noi.

«Bau!» Oscar appoggiò la testa sulle mie ginocchia e mi mise una zampa sul braccio, cercando di calmarmi.

Calma? Che cos'era la calma? Non ero calma dal giorno in cui avevo ricevuto la lettera che mi invitava al famoso ritiro per scrittori di gialli alla Meddleworth House, ma questo era dovuto più all'eccitazione che al mio attuale stato di terrore per il modo in cui Morrie guidava. Avevo finito da qualche mese il mio primo manoscritto e lo avevo letto e riletto, cercando di renderlo perfetto. E poi avevo vagato senza meta per la Libreria Nevermore, facendo scorrere le dita lungo i dorsi dei miei libri preferiti e immaginando che il mio lavoro si unisse a quella schiera.

Io, Mina Wilde, ex stilista, comproprietaria di una libreria, straordinaria risolutrice di misteri, cacciatrice di vampiri, amante di tre uomini di fantasia e ragazza cieca, ero in missione per diventare un'autrice pubblicata.

Speravo.

Se solo avessi potuto fare colpo su Hugh Briston, quella settimana.

Hugh Briston era il proprietario della Red Herring Press, nonché il maggior esperto di romanzi polizieschi di tutto il Regno Unito. Una sola parola da parte sua alla comunità letteraria avrebbe fatto nascere o morire uno scrittore di gialli. Io volevo che mi facesse nascere.

Ecco perché desideravo tanto fare colpo su di lui durante il ritiro. I miei tre fidanzati avevano deciso di venire alla Meddleworth House per tenermi compagnia. Mentre io ero impegnata nelle sessioni quotidiane di scrittura e critica, Morrie sarebbe andato al centro benessere a farsi frizionare, accartocciare e massaggiare. Heathcliff sarebbe rimasto in biblioteca a guardare male chiunque avesse osato disturbare la sua calma. E Quoth avrebbe seguito un corso di pittura nello studio d'arte, avrebbe raccolto idee per la sua galleria e chiacchierato con i corvi locali (che si speravano socievoli).

Erano entusiasti del viaggio quasi quanto me, motivo per cui Morrie, nella sua infinita saggezza, aveva finalmente deciso di andare a ritirare la sua patente di guida, così da guidare lui, con gran classe, fino alla tenuta. Era tutto orgoglioso della sua nuova auto, una piccola e graziosa Nissan Leaf, ma fino a quel momento ci eravamo sempre rifiutati di salire in macchina con lui a causa della pila di multe per eccesso di velocità e per divieto di sosta che, da quando l'aveva presa, avevano invaso la cassetta delle lettere della Nevermore.

Ma la Meddleworth si trovava nel mezzo del nulla nello Yorkshire, quindi non avevamo scelta. Caricammo nella minuscola macchina le valigie, il mio computer portatile e il tablet Braille, Oscar e il materiale artistico di Quoth, e partimmo con la dovuta trepidazione.

Fino a quel momento il viaggio era stato relativamente tranquillo. Anche se forse lo dicevo perché, nonostante fossi seduta davanti, non ci vedevo più abbastanza per rendermi conto di quanto veloci stavamo andando, o di quanti incidenti avevamo sfiorato. Tuttavia, dopo che Morrie ebbe dichiarato: «Questa è una scorciatoia per il maniero» svoltando per un ripido sentiero sterrato, sapevo che eravamo nei guai.

«Morrie, c'è un fiume...» si levò tremolante la voce di Quoth dal sedile posteriore, dove teneva una scatola di colori in equilibrio sulle ginocchia. «Ci stai portando direttamente in un *fiume*.»

«Bene.» Sentii Heathcliff girare una pagina del suo libro. «Se annego, almeno non dovrò più ascoltare questa playlist di Mina.»

«Questo è l'album *Queen of Siam* di Lydia Lunch» risposi.

«Per la sua combinazione di jazz e punk è una pietra miliare per...»

«Per la nascita del *junk*?»

Morrie scoppiò a ridere.

«Sei proprio un ignorante.» Girai il capo e lo fulminai con un'occhiataccia. «E allora cosa vorresti ascoltare? Dei madrigali? Kate Bush che urla della tua ragazza morta?»

«Ragazzi, il fiume!» ripeté Quoth con voce tremolante.

L'auto urtò qualcosa di duro e prese il volo. Io gridai mentre sobbalzavamo e mandavamo in aria i sassi del greto, catapultati verso il nostro destino.

«Non preoccupatevi» esclamò Morrie, di certo con molta più sicurezza di quanta ne avesse in quel momento. «Il tizio che mi ha venduto questa macchina ha detto che può andare ovunque. Andrà tutto bene.»

«Ti ha detto che aveva anche delle vele in dotazione?» chiese Heathcliff annoiato. «Perché in quel caso sarebbe ora di aprirle.»

Oscar guaì quando l'auto toccò di nuovo il suolo e traballò sul terreno accidentato. All'improvviso, sentii lo scroscio di acqua corrente da qualche parte nelle vicinanze. Mi chinai e premetti il pulsante per alzare il finestrino.

«Morrie, sei sicuro che questa sia la strada giusta per...»

«Trattenete il respiro!» urlò Quoth. «Stiamo finendo dentro!»

«Rilassatevi» brontolò Morrie. «Va tutto be...»

Le sue parole si interruppero con un urlo mentre l'auto finiva in un fiume impetuoso.

2

«È più profondo di quanto pensassi.» Morrie strattonava il volante, ma l'auto non rispondeva. Si muoveva e sbatteva sui sassi del fiume mentre si inabissava sempre più in mezzo alla corrente. Nelle orecchie sentivo risuonare il rombo dell'acqua impetuosa, la forza del fiume che si abbatteva sull'auto. La corrente la fece girare su se stessa e un'ondata di acqua gelida arrivò sul parabrezza e poi dentro l'abitacolo, attraverso il finestrino aperto di Morrie.

«Argh!» Morrie si ritrasse poiché l'acqua lo bagnava tutto, entrando a schizzi nel veicolo. Oscar ululò e mi salì in grembo. Io sollevai le gambe mentre l'acqua gelida ci invadeva.

La parte anteriore dell'auto si abbassò ulteriormente e altra acqua entrò in grande quantità dal finestrino. L'auto emise un gemito da paura e da sotto il cofano si levò un rumore sconcertante di qualcosa che sfrigolava.

Morrie disse: «Non credo che le batterie dovrebbero bagnarsi...»

«Avevo sempre pensato che sarei morto a forza di bere quando non avessi più sopportato i clienti che mi chiedono se i libri di Nigella Lawson vanno catalogati sotto la voce "cucina" o "erotismo"» commentò Heathcliff dal retro, piuttosto divertito. «Sono così grato a Morrie per dimostrarmi che mi sbagliavo.»

No. Non ho intenzione di morire così.

«Temo che dovremo abbandonare la nave» ci comunicò Morrie con un filo di voce.

«Che nessuno si faccia prendere dal panico. Al whisky ci penso io.» Sentii il tintinnio di una bottiglia mentre Heathcliff si infilava nei pantaloni il suo Fettercairn invecchiato di 16 anni. Poi sbatté con forza una spalla sulla portiera. «Non si muove. La pressione dell'acqua dall'altra parte è troppo forte.»

«Ho letto che bisogna fare entrare l'acqua poco alla volta» esclamò Quoth mentre si metteva in spalla il mio zaino e i suoi colori e cercava di smuovere la propria portiera. «Una volta che c'è equilibrio tra la pressione interna e quella esterna, dovrebbe essere più facile aprire.»

«Capito.» Heathcliff spinse di nuovo la portiera e riuscì ad aprirla di un centimetro. L'acqua gelata si riversò all'interno e riempì il vano piedi, facendo ondeggiare l'auto.

«Cioè, tu hai letto come salvarsi da un veicolo che sta affondando?» Spinsi Oscar sulle ginocchia di Morrie per cercare la cintura di sicurezza.

«Beh, avrebbe guidato Morrie, quindi ho pensato che sarebbe stato saggio documentarsi.»

Nel frattempo, Morrie aveva fatto uscire il suo corpo allampanato dal finestrino aperto. Lo sfrigolio peggiorava e ora era accompagnato da alcuni forti scoppiettii. Morrie si inginocchiò sopra l'auto e allungò una mano verso il basso. «Presa, bellezza.»

Spinsi Oscar verso il finestrino mentre l'acqua cominciava a lambire il fondo dei sedili. «Vai, ragazzo. Vai da Morrie. Ti piace nuotare, vero?»

Oscar non ebbe bisogno di farselo dire due volte. Saltò fuori dal finestrino e si tuffò in acqua, nuotando deciso in cerchio per tornare indietro ad aiutarmi. Appoggiai un piede sul fondo dell'auto e l'acqua gelida mi bagnò la pelle nuda della caviglia. Feci una smorfia di terrore. Per il viaggio avevo scelto un vestito country con una stampa a teschi e un paio di stivali nuovi di morbida pelle scamosciata che ora probabilmente erano rovinati.

«Argh!» Dalla portiera di Heathcliff mi arrivarono schizzi di acqua che mi scesero lungo la schiena. Altra acqua entrò a fiotti dal finestrino abbassato, e mi inzuppò i vestiti, mentre mi arrampicavo sui sedili e afferravo la mano di Morrie. Lui mi tenne stretta. Il cuore mi batteva forte e cercai di tenermi in equilibrio con i piedi sul finestrino, ormai al livello dell'acqua, con l'auto che ondeggiava terribilmente. Da un momento all'altro ci saremmo ribaltati o inabissati.

Ma non successe. Morrie mi tirò sul tettuccio. Mi battevano i denti e mi rimboccai la gonna fradicia. Un attimo dopo, Heathcliff si issò accanto a noi.

«E adesso cosa facciamo?» Anche con la mia scarsa capacità visiva, capivo che eravamo in mezzo a un fiume impetuoso, ed entrambe le sponde erano lontane e irraggiungibili.

Una delle mie valigie passò galleggiando, seguita da Heathcliff, che era scivolato dal tetto e le stava nuotando dietro, con lo zaino e la borsa di pelle di Morrie legati alla schiena.

«Sinceramente, non avevo previsto tutto ciò.» Morrie si girò di scatto. «Quoth, il tuo libro aveva anche qualche consiglio su cosa fare una volta fuori dall'auto?»

«Cra?» gridò un corvo che si librava in volo.

Aspettatemi, mi arrivò alle orecchie la voce di Quoth. *La corrente è troppo forte per nuotare. Vado a cercare una corda.*

«Fantastico. È proprio fantastico!» Morrie mi strinse al

petto e mi massaggiò le spalle tremanti mentre l'auto affondava ancora di qualche centimetro. «Siamo intrappolati su una nave che sta affondando e l'uccello è appena volato via in una caccia senza speranza.»

«Ehilà!» urlò una voce vivace e profonda. «Sembrate un po' in difficoltà. Avete bisogno di aiuto?»

3

Guardai verso la sponda, da dove proveniva la voce, ma non riuscivo a vedere cosa stesse succedendo. Dal cofano dell'auto saliva del vapore, e lo sfrigolio e lo scoppiettio erano così forti che la voce quasi non si sentiva.

«Laggiù c'è un tizio con una lunga e folta barba» mi spiegò Morrie. «Sta aiutando Heathcliff a uscire dall'acqua. Ha un veicolo a quattro ruote motrici e... quella è una...»

Qualcosa colpì la fiancata del veicolo. Io sobbalzai per la sorpresa. Morrie si sbracciò per cercare di afferrare qualcosa, ma imprecò perché non ci riuscì.

«Le lancio di nuovo la corda» urlò l'uomo. «Riesce ad afferrarla?»

«Spero sia una corda di seta» urlò Morrie di rimando. «Perché le mie mani possono lavorare solo con cose morbide e lisce, fatte unicamente di fibre naturali...»

«Stai zitto e fai quello che dice» sbraitò Heathcliff dalla riva.

Morrie si spostò strisciando verso il lato opposto dell'auto. Lo sentii grugnire quando la corda cadde di nuovo nell'acqua. «Riproviamo!» esclamò. «Devo solo allungarmi un po' di più.»

«Cra» gridò Quoth. Io mi voltai e riuscii a scorgere una

forma scura che si librava nell'aria, afferrava la corda con gli artigli e la lasciava cadere nella mano tesa di Morrie.

«Grazie, strano uccello!» esclamò l'uomo.

Salva Mina! Sentii la voce di Quoth nella testa mentre atterrava sulla riva. Stava parlando con Heathcliff. *Quell'altro non mi interessa.*

«Ehi!» gli urlò Morrie, ma poi si passò la corda intorno al busto. «Mina, mettiti sulle mie spalle e tieniti forte. Qualunque cosa accada, non mollare. Pensi che Oscar possa tenere in bocca questo capo della corda?»

«Oscar può fare tutto.»

«Bene, allora. Pronti.»

Morrie si lasciò scivolare giù dal tettuccio e si tuffò nella corrente. Io trattenni il fiato mentre sprofondavo nell'acqua gelida. Strinsi forte la presa intorno al collo di Morrie e la corrente ci afferrò, trascinandoci a valle. Morrie si legò stretta la corda intorno ai fianchi e porse l'estremità a Oscar, che la prese in bocca come un vero esperto.

Io mi strinsi a Morrie con tutte le mie forze; lui e Oscar si dirigevano verso la riva, Heathcliff e lo sconosciuto tiravano la corda, una mano dopo l'altra. Una volta abbastanza vicino alla riva, Morrie riuscì ad appoggiare i piedi sul fondo e riuscì a spostarsi più in fretta.

Heathcliff si tuffò e mi tirò giù dalle spalle di Morrie, mi prese tra le sue forti braccia e mi depositò amorevolmente sulla riva. Oscar uscì dal fiume e si scrollò l'acqua di dosso. Abbaiava felice, e non vedeva l'ora di andare a farsi un'altra nuotata.

«Aggrappati alla mia mano» urlò Heathcliff a Morrie, che era ancora a mollo, con l'acqua che gli arrivava ai fianchi.

«A dire il vero penso che resterò qui» disse Morrie nervoso, con voce roca. Immaginai fosse esausto per lo sforzo. «Aspetterò che l'erosione mi porti alle porte del castello. Mi sembra più sicuro che affrontare la tua ira.»

«Per carità...» mormorò Heathcliff. Morrie emise un grido, e dalla loro sagoma indistinta capii che Heathcliff se l'era caricato sulle spalle e stava uscendo dall'acqua. Un istante dopo era accanto a me, bagnato fradicio e decisamente imbarazzato, proprio mentre Quoth emergeva dai cespugli e si appollaiava sulla mia spalla. Lo sconosciuto ci guardò divertito e si arrotolò la corda su un braccio.

«Bau!» Oscar diede un colpetto alla mano dello sconosciuto, come per ringraziarlo dei suoi valorosi sforzi.

«Grazie per averci salvato» dissi al nostro soccorritore. «Non riesco a credere alla fortuna che abbiamo avuto che ci fossi tu nei paraggi. Pensavamo di essere in mezzo al nulla.»

«Niente affatto. In realtà siete solo a un paio di chilometri dalla Meddleworth House. Per caso ho visto questo bell'esemplare che scendeva in picchiata e mi è sembrato strano, visto che i corvi della tenuta sono ospitati vicino agli edifici. Ho pensato che ne fosse scappato uno, così mi sono fermato, ed è stato allora che vi ho sentiti urlare.» L'uomo sollevò il cappello in segno di saluto. «Mi chiamo Jonathan. Jonathan Marley Norgrove. Sono il custode, il fattorino, la guardia di sicurezza e il tuttofare della tenuta.»

«Mina Wilde.» Gli tesi una mano. «E siamo proprio ospiti della Meddleworth. Sono qui per il ritiro letterario.»

«E Morrie è qui per fare lezioni di guida» intervenne Heathcliff.

Jonathan scoppiò a ridere di gusto. «Non preoccupatevi. È stato uno sbaglio che chiunque avrebbe potuto fare. Avevate imboccato una vecchia strada di cantiere. Se aveste fatto questa strada un mese fa, non avreste avuto problemi. Ma ultimamente abbiamo avuto dei terribili temporali e la falda acquifera si è alzata, così il ruscello sul retro della proprietà è straripato e ha deviato qui.» Mi diede una pacca sulla spalla. «A dire il vero, a giudicare da quelle nuvole lassù, sarà meglio che vi porti al maniero prima che ci sorprenda il prossimo acquazzone.»

«E la macchina?» chiese Morrie, con la voce tesa.

Jonathan iniziò a dire qualcosa, ma fu interrotto da una potente esplosione.

Mi portai le mani alle orecchie e sobbalzai, mentre dal fiume usciva un pennacchio d'acqua e pezzi di auto ricadevano nel torrente. L'aria puzzava di bruciato e non vedevo più il cofano stiloso della Leaf che galleggiava a mezz'acqua.

«Non credo che ti debba più preoccupare per la macchina, ragazzo» osservò Jonathan.

«Che cosa è successo?» chiesi, con un brivido lungo la schiena nel rendermi conto che se Jonathan non ci avesse aiutati, forse saremmo stati ancora intrappolati nell'auto al momento dell'esplosione.

«Come: *cosa è successo?* Morrie *è successo!*» esclamò Heathcliff. «Povera Leaf. Non meritava una fine così crudele.»

«Devono aver preso fuoco le batterie» spiegò Jonathan. «Elettrica, vero? Un mucchio di sciocchezze moderne, secondo me. Un buon motore diesel vecchio stile vi avrebbe fatto attraversare il fiume senza problemi. Vi accompagno alla vostra destinazione e poi tornerò qui, per vedere se riesco a ripescare qualche pezzo. Almeno avete salvato i bagagli. Venite, nella mia Range Rover c'è spazio per tutti. Saliremo lungo il sentiero, con calma.» Jonathan mi sostenne mentre io e Oscar aggiravamo un tronco caduto. «Non ci servono altri incidenti adesso.»

A noi, no di certo.

Mi tolsi dagli occhi i capelli fradici, con la gonna bagnata che mi sbatteva contro le ginocchia nude e tremanti.

La nostra vacanza di una settimana alla Meddleworth era iniziata in modo... beh, *prevedibile.*

4

Heathcliff raccolse tutte le valigie e noi seguimmo Jonathan per un breve tratto lungo la strada di cantiere piena di fango e salimmo sulla sua enorme Range Rover. Attraversammo un bel bosco per poi sbucare sul bordo di un ampio prato, con siepi ordinate di ampi giardini formali e una lunga vasca rettangolare che tracimava sul bordo di cemento. Ampie e profonde pozzanghere riflettevano il cielo grigio e cupo.

«Eccola, la Meddleworth House.» Jonathan sorrise indicando un imponente edificio di pietra grigia che presumevo fosse la nostra destinazione. Tecnicamente, la Meddleworth era un castello, ancora con il portone originale e pezzi di mura di cinta fatiscenti (anche se, grazie alla scorciatoia di Morrie, noi non eravamo riusciti a vederle). Ma poi, nel diciassettesimo secolo, il castello era stato trasformato in una dimora signorile. Avevo chiesto a Quoth di descrivermi le fotografie e sapevo che si trattava di un lungo edificio rifinito in stile italiano da Sir Charles Barry, con un tetto a falde basse, gronde sporgenti, imponenti cornicioni e frontoni intagliati e una pletora di logge e balconi romantici. Tutto ciò che riuscivo a scorgere adesso era una sbiadita sagoma di quell'imponente edificio, ma tanto bastava per darmi un'idea.

Inoltre, ero sicura che era caldo.

È bellissimo, mi sussurrò Quoth dentro la testa, con gli artigli che mi scavavano nella spalla. Sapevo che non aveva programmato di presentarsi alla Meddleworth sotto forma di uccello, ma i suoi vestiti erano da qualche parte sul fondo del fiume e, se fosse mutato ora, avrebbe fatto scalpore.

Jonathan parcheggiò dietro l'angolo, accanto a una vecchia dependance, e si avviò attraverso il prato fangoso a passo spedito. Le lunghe gambe di Morrie non avevano problemi a stargli dietro e Heathcliff camminava con me e Oscar, carico di tutte le nostre borse. Quoth spiccò il volo, dicendoci che ci avrebbe raggiunto in camera più tardi.

«Lavori qui da molto tempo?» chiese Morrie a Jonathan.

«Sì, praticamente da quando sono nato. Mio padre era il vecchio custode, quando questa era ancora una casa signorile e la famiglia Bollstead era...» si interruppe, poi si grattò la testa. «Diciamo che le cose sono cambiate qui con le innovazioni di Donna.»

Aveva detto "innovazioni" come se fosse stata una

parolaccia. Pensai che si riferisse al lussuoso centro benessere installato dall'attuale proprietaria, Donna Bollstead. Speravo di riuscire a trovare un'oretta di libertà dal ritiro, nella quale provare almeno uno dei trattamenti.

Oscar, naturalmente, pensò che accompagnarmi attraverso le pozzanghere fosse un gran divertimento. Quando arrivammo, eravamo infreddoliti, infangati e di pessimo umore.

Ma le cose cambiarono nel momento in cui Jonathan spalancò le porte e ci fece entrare. L'atrio era illuminato da un enorme lampadario scintillante che attirò subito i miei occhi. Il calore che proveniva da un caminetto scoppiettante mi penetrò nelle ossa. Con le scarpe che facevano *ciaff ciaff* percorremmo il perimetro della sala, in modo che imparassi a conoscere lo spazio, e Jonathan si fermò a ogni armatura, ritratto e spada in mostra, per raccontarci la storia del luogo. Praticamente, una guida turistica.

«Quando mio padre era piccolo, una volta si è nascosto qui dentro.» Jonathan picchiettò con affetto le nocche su una lucida armatura accanto al banco della reception. «Era durante uno dei famigerati ritiri di scrittura della Meddleworth, e il famoso poeta Caspian Steele si stava lamentando ad alta voce di uno scarafaggio nella doccia, quando la mano del cavaliere si allungò verso di lui, facendogli un cenno dall'oltretomba. Caspian fuggì via e non tornò mai più. Poi scrisse una poesia su quel giorno, una delle sue migliori, anche se non sta a me giudicare. Io non ci capisco molto di poesia. Però è ancora appesa a una parete del ristorante...»

Jonathan chinò il capo e passò sotto la porta per entrare, appunto, nel ristorante. Il personale era tutto indaffarato nella preparazione dei tavoli per il banchetto letterario di quella sera. Anche se al ritiro partecipavano solo quattro scrittori, il ricevimento attirava persone del mondo editoriale da tutto il

Paese. Avevo il cuore in tumulto per l'emozione. Quella sera avrei incontrato alcuni dei miei idoli letterari.

E, auspicavo, i miei futuri colleghi.

Spero di aver portato il vestito giusto.

«Bau!» mi rassicurò Oscar mentre trotterellava dietro a Jonathan.

«Le camere degli ospiti si trovano al primo e al secondo piano dell'ala sud» ci spiegò lungo il tragitto su per una scala a chiocciola molto lavorata. «Al piano inferiore si trovano il ristorante, le sale conferenze, la biblioteca e i salotti dove si terrà il ritiro. Nell'ala nord troverete il centro benessere, la palestra e la sala di meditazione, oltre allo studio d'arte nell'antico alloggio della servitù e al laboratorio di ceramica, con la fucina negli annessi.»

Morrie si sfregò le mani tutto allegro, apparentemente già dimentico dell'esperienza atroce che ci aveva appena fatto vivere. «Non vedo l'ora di essere oliato.»

Jonathan aprì una porta e ci fece entrare. La stanza era enorme, con pareti imbiancate, enormi architravi in pietra e massicci mobili in legno antico. Mi piacque immediatamente. «Questa è la vostra suite. Avete queste due stanze con vista sul parco. Non c'è un quarto membro del vostro gruppo?»

«Ehm, sì.» Mi appoggiai alla finestra proprio mentre Quoth arrivava in volo e si appollaiava sul davanzale. «Sta... arrivando, per conto suo.»

«Spero che arrivi presto. Domani sera è previsto un altro temporale e tra circa un'ora il tempo inizierà a peggiorare.»

«Arriverà» lo rassicurai. «Lui non ha preso la scorciatoia.»

Morrie si portò la mano sul cuore e si buttò sul letto. «Ahi, bellezza, sono distrutto.»

Jonathan fece un altro sorriso. «Bene, vi lascio a sistemarvi. Qui non abbiamo una lavanderia, ma potete mettere i vestiti accanto al fuoco ad asciugare. Io vado a tirare fuori dal fiume ciò che rimane della vostra auto.»

«Grazie, Jonathan. Ci dispiace molto per il disturbo.»

«Nessun problema. Niente è di troppo disturbo per gli ospiti della Meddleworth.» Jonathan fece un cenno con il capo e uscì dalla stanza.

Non appena la porta si chiuse, mi voltai e feci entrare Quoth. Lui saltò sul pavimento e assunse la sua forma umana.

«Brrr.» Si passò le mani tra i capelli umidi. «L'aria è davvero ghiacciata. Credo che Jonathan abbia ragione: è in arrivo un brutto temporale.»

«Sei volato via mentre attraversavamo il prato. Che cosa hai visto?» chiesi a Quoth, mentre iniziavo a togliermi gli stivali rovinati e i calzini fradici.

«Corvi!» La voce gli tremava per lo stupore. «Laggiù accanto alla casa. Ne sento almeno quattro, però dall'alto non sono riuscito a vederli. Credi che io...»

«Vai, non ci servi, qui. E Jonathan pensa che arriverai più tardi. Torna prima che andiamo a cena, così avrai tempo di cambiare forma.»

Quoth mi baciò sulla guancia. «Grazie.»

Gli tenni la mano sulla spalla mentre si trasformava di nuovo. Mi piaceva sentire il modo in cui il suo corpo mutava: le ossa che si spostavano, i muscoli che si contorcevano, le spesse e morbide piume nere che gli perforavano la pelle.

Da quando la magia della libreria lo aveva fatto entrare nel nostro mondo e lo aveva reso una creatura in grado di cambiare forma, Quoth si era sempre considerato un'aberrazione, qualcosa che non doveva esistere. Invece per me era un miracolo.

Un attimo dopo, un enorme uccello nero con un inconfondibile ciuffo di piume sul collo mi saltellò davanti. Spiegò le ali e si lanciò attraverso la finestra, che richiusi alle sue spalle, impedendo all'aria gelida di entrare. Ripresi l'imbracatura di Oscar e andai nella camera da letto adiacente, dove Morrie aveva già aperto le valigie zuppe e stava ispezionando le sue camicie.

«Per fortuna, la maggior parte dei nostri vestiti è intatta.» Morrie appese i suoi abiti firmati e guardò l'orologio di lusso che portava al polso.

«Parla per te.» Heathcliff tolse le camicie fradice dal suo vecchio zaino malconcio e le gettò in un mucchio davanti al caminetto.

«Te l'avevo detto che dovevi investire in un bagaglio decente.» Morrie si sbottonò la camicia bagnata. «Manca un'ora alla cena. Spero che mi basti per rendermi presentabile nel mio ruolo di fidanzato di un'autrice che presto diventerà famosissima.»

«Questo non possiamo saperlo» dissi, cercando di stemperare il loro entusiasmo, anche se avevo il cuore che batteva a mille. «È il primo libro che ho scritto e non so se sarà abbastanza...»

«Io l'ho trovato geniale.» Heathcliff si scostò un ricciolo scuro e umido dalla fronte mentre estraeva un piccolo libro rilegato in pelle da uno scomparto dello zaino, apparentemente l'unica parte impermeabile del suo bagaglio. «E io ho un gusto impeccabile.»

«Tu sì, ma purtroppo devo fare colpo su Hugh Briston.» Mi tolsi l'abito country fradicio e mi buttai, esausta, sul letto per cercare tra i vestiti che avevo portato l'abito che avevo programmato per la serata. «Ma deve essergli piaciuto, se mi ha invitata al ritiro. Lo sapete che ogni anno offre a uno dei partecipanti un contratto editoriale con la Red Herring Press? Sto cercando di non farmi troppe illusioni, ma le mie speranze stanno già prendendo il volo insieme a Quoth.»

«Allora, quali sono i piani per la serata?» Heathcliff chiuse il libro con un sospiro. Sapeva com'ero quando ero emozionata. Non sarei riuscita a smettere di parlare e di agitarmi, e Morrie non avrebbe fatto altro che incoraggiarmi.

«I partecipanti al ritiro e i loro accompagnatori sono invitati a un ricevimento insieme a Hugh e ad alcuni scrittori ed editori nella sala della musica, e poi ci sarà una cena a sedere. Ho già risposto all'invito per tutti noi.»

«Mina ha imparato a memoria il programma dell'intera settimana» commentò Morrie con un sorriso compiaciuto nella voce.

«Non è vero.» Avevo le guance in fiamme.

Invece l'avevo proprio fatto.

Il mio telefono vibrò nella borsa. Mi tuffai per afferrarlo, ma Heathcliff diede un calcio alla borsa, allontanandomela.

«Non rispondere» mi disse minaccioso.

«Ma io...»

«Dovresti essere in *vacanza*.»

«Immagino sia Bree. Magari il negozio è in fiamme e lei...»

«Se il negozio sta bruciando, da qui non possiamo fare nulla. Vivi nell'ignoranza e goditela.» Heathcliff guardò la mia borsa, che stava andando in giro per il tappeto vibrando.

«Potrebbe essere mia madre.»

«Un motivo in più per evitare di rispondere.»

«Forse hai ragione.» Da poco aveva iniziato a creare e vendere i suoi NFT. Si trattava di fotografie di Grimalkin che dormiva in luoghi strani e insoliti della libreria. Una persona ne aveva acquistato uno pagando con una strana criptovaluta e ora mia madre pensava che ne avrebbe fatto una fortuna. Però non aveva idea di come fare per trasformare le criptovalute in denaro vero e proprio. Non so come facesse Grimalkin a sopportare di essere sempre in posa per le foto, ma ultimamente mia nonna dormiva più del solito. In ogni caso, l'interesse di mia madre per le criptovalute era una nuova fonte di stress nella mia vita, e Heathcliff aveva ragione nel dire che era bello non avere lei e la sua macchina fotografica tra i piedi.

«Certo che ho ragione.» Heathcliff si batté sul ginocchio. «Vieni qui e goditi il fatto che per un'intera settimana sarai lontana dalla follia di Helen Wilde.»

Anche se avevo un disperato bisogno di una doccia calda e di iniziare a prepararmi, non riuscii a resistere a quella voce profonda e roca. Attraversai la stanza e mi sistemai sulle sue ginocchia. Si era tolto i pantaloni bagnati e la sua pelle umida era calda contro la mia mentre mi abbracciava e mi appoggiava la testa alla sua spalla. Era seduto su un'enorme sedia a forma di uovo di fronte a un caminetto con un moderno fuoco a gas, e la sedia avvolgeva entrambi. In quel piccolo angolo sembrava davvero che nulla del mondo reale avesse più importanza.

Heathcliff mi strinse in uno dei suoi abbracci che mi schiacciavano le ossa. Respirai il suo profumo speziato e torbato. Mi piaceva il modo in cui mi stringeva, così stretto che niente e nessuno avrebbe potuto separarci. «Non posso credere che non siamo più ad Argleton.»

«Che liberazione.» Heathcliff mi premette le labbra sulla fronte, e la sua barba mi grattò la pelle. «Sono davvero contento di essermi allontanato da quel postaccio.»

Alzai un sopracciglio. «Detto da quello che saluta dicendo solo *'giorno* perché lo considera un *buon giorno* solo quando è a letto senza parlare a nessuno.»

«Tranquilla.» Heathcliff toccò il libro che aveva appoggiato sul bracciolo della poltrona. «Ho tutta l'intenzione di ignorare la gente anche qui.»

«Fedele a te stesso.»

«Ehi, guardate qui.» Mi voltai per osservare Morrie che tirava fuori dalla mia valigia una cosa bianca e quadrata. Me la avvicinò e capii che erano i manoscritti che avevo stampato.

Avevo preso degli appunti in formato digitale e li avevo stampati per scambiare le mie idee con gli altri scrittori. «Non c'è da stupirsi che la mia macchina non sia riuscita ad attraversare il fiume. Mina ci stava appesantendo con *Guerra e Pace*.»

«Non è *Guerra e Pace*. Sono gli estratti dei romanzi degli altri scrittori. Ho dovuto mettere delle note, faceva parte dell'esercitazione.»

Ed era una parte che mi rendeva particolarmente nervosa. Non avevo mai fatto niente del genere prima. E il giorno dopo avrei scoperto cosa gli altri pensavano del mio libro. Il mio libro, molto *personale*, su una detective dilettante cieca che risolveva misteri con i suoi tre fidanzati, tutti uomini famosi provenienti dal mondo della letteratura...

Mi si contorse lo stomaco. E se non fosse piaciuto? Come avrei fatto a sopravvivere a quel fine settimana?

Forse non sono tagliata per fare la scrittrice...

Heathcliff doveva aver percepito quello che provavo, come succedeva sempre. Mi conosceva meglio di quanto io conoscessi me stessa. Mi strinse più forte e mi passò di nuovo le labbra sulla fronte. «Qualunque cosa dicano di te, ricorda che sei Mina Wilde e che sei la *nostra* eroina.»

A quelle parole mi sentii il cuore in gola. Ricambiai l'abbraccio. «Ci proverò. Sono così nervosa che non so nemmeno se stasera riuscirò a mangiare. Vorrei poter smettere di pensarci.»

«Vuoi sapere a cosa sto pensando io in questo momento?» La voce profonda di Heathcliff risuonò contro il mio orecchio.

«A cosa?»

«Sto pensando a come la pioggia ti ha fatto aderire il reggiseno a *tutti i* punti giusti.»

La sua mano mi accarezzò un fianco e le sue dita danzarono sul tessuto umido del reggiseno sfiorandomi un capezzolo, già turgido per il freddo. Al suo tocco mi si indurì ulteriormente e fui percorsa da un fremito.

E all'improvviso non pensai più alla critica dei manoscritti.

Heathcliff mi sollevò la testa e reclamò la mia bocca con la sua. E la tensione per l'incontro con il famoso editore, di lì a un'ora, sparì. Tutto ciò che contava erano le sue labbra esigenti sulle mie e il suo corpo che si lasciava andare contro il mio.

«Manca solo un'ora alla cena...» gemetti mentre mi sollevava il reggiseno zuppo per passarmi il ruvido polpastrello del pollice sul capezzolo.

«A me non serve un'ora. Sono già perfettamente pronto per la cena.»

Passai una gamba sopra le sue e mi sistemai meglio, a cavalcioni. Anche se Heathcliff era una bestia d'uomo, sulla poltrona c'era abbondante spazio per entrambi. Con un gemito, spinse il bacino verso l'alto per strusciarmi l'erezione tra le gambe. C'era solo il sottile tessuto delle mie mutandine a separarci. Eravamo entrambi ancora bagnati dalla nuotata nel fiume e dalla successiva pioggerellina, ma non era nulla rispetto all'umidità nelle mie mutandine mentre Heathcliff mi baciava con più passione.

Baciare Heathcliff era come gettarsi in un precipizio. Era come cadere nell'oscurità tra le sue braccia, sapendo che lui sarebbe sempre stato lì, pronto ad afferrarmi. Mi prese il collo e mi attirò a sé, trasmettendomi un'ondata di calore in tutto il corpo.

Le mie dita armeggiarono con i bottoni della sua camicia nera, bagnata fradicia, e li aprirono, uno dopo l'altro. Poi gettai verso il letto l'indumento che ci era d'impiccio.

«Che succede?» gridò Morrie. Immaginai di averlo colpito con la camicia, ma poi quando si girò e ci vide, esclamò: «Ah, capisco.» E un attimo dopo si precipitò anche lui alla poltrona, il petto che mi premeva contro la schiena e i denti che mi raschiavano una spalla.

«Lascia che ti tolga questi vestiti bagnati, bellezza.» Le mani di Morrie mi accarezzarono la pelle sensibile sotto le braccia mentre mi sganciava il reggiseno per lanciarlo lontano. Le labbra di Heathcliff non lasciarono mai le mie e il suo bacio continuò, profondo e affamato. Le sue dita mi stuzzicavano e pizzicavano i capezzoli finché non lo implorai che mi concedesse altro.

Morrie, che adorava avere il controllo di queste cose, raschiò con le dita il petto di Heathcliff, lasciandogli dei graffi che lo fecero rabbrividire di piacere. Poi prese la cintura di Heathcliff da dove l'aveva gettata, accanto al fuoco.

«Potrei fare ogni sorta di cose sconce con questa» mi sussurrò con la bocca appoggiata al lobo dell'orecchio, mentre mi passava la punta della cintura di cuoio lungo la schiena nuda. Rabbrividii eccitata, ma poi se la gettò dietro le spalle. «Purtroppo, non abbiamo tempo per tutti i miei giochini. Credo che abbiamo giusto il tempo di far urlare Mina.»

«Avremmo ancora più tempo se tu la smettessi di parlare» borbottò Heathcliff appoggiato alle mie labbra. Le sue mani vagavano ovunque sul mio corpo.

«Perché non mi zittisci tu, Lord Bragheprepotenti?»

Con un borbottio, Heathcliff afferrò le guance di Morrie e gli tirò la testa verso di sé. Le sue labbra si staccarono dalle mie per baciarlo. Io appoggiai la testa sulla spalla di Morrie, mentre osservavo Heathcliff che lo divorava, e gli sentivo il cuore che batteva all'impazzata. Morrie si struggeva per lui da parecchio tempo, da prima che li conoscessi, e nonostante tutta la sua arroganza non riusciva ancora a credere che quello che avevano, che quello che *avevamo*, fosse reale.

Non lo biasimavo. A volte, come adesso, la gioia di avere

quegli uomini nella mia vita e di sapere che erano miei era così grande che mi faceva male il cuore.

Dopo tutto quel tempo, mi emozionavo ancora quando vedevo che si baciavano. Mi ero innamorata perdutamente di entrambi fin dal primo giorno in cui avevo iniziato a lavorare nel negozio, e non c'era niente di più bello di vedere una persona amata che finalmente ritrovava se stessa. Io avevo avuto loro tre, quindi perché Heathcliff e Morrie non avrebbero dovuto esplorare quella cosa che si era creata tra loro?

Tutti e quattro ci amavamo, ognuno a modo suo. E dal nostro rapporto non potevo pretendere nulla di più sincero o di più bello.

Mentre i due sfogavano le loro emozioni represse divorandosi a vicenda, io aprii i boxer di Heathcliff. Mi avvicinai e gli presi in mano l'uccello grosso e duro e gli passai le dita sulla pelle liscia come seta.

I gemiti di piacere di Heathcliff mi invitarono a continuare. Lui lottava con la lingua vogliosa di Morrie e io lo accarezzavo lentamente, finché il suo sesso non ebbe un guizzo e dalla sua punta uscì una goccia. Dentro di me si fece strada un dolore caldo e delizioso, ben diverso dal languore che mi diceva che era ora di cena.

«Questa sedia è praticamente fatta per noi.» Mi sollevai sulle ginocchia e mi spostai in avanti. Gli abbassai ulteriormente i boxer e mi sistemai alla perfezione sopra di lui.

Mi sedetti e affondai su di lui con un sospiro. Era così grosso e duro che mi faceva un po' male... nel senso buono del termine. Mossi il bacino, spingendomelo più a fondo, il più a fondo possibile.

Mi sollevai di nuovo sulle ginocchia, lentamente, molto, molto lentamente, e quando lo sentii sfilarsi da me, assaporai il delizioso dolore della sua assenza. Scesi di nuovo a peso morto, riempiendomi di lui fino a non poterne più.

Morrie si staccò dal bacio per guardare. «Così, bellezza. Cavalcalo come se avesse bisogno di una lezioncina.»

Mi sollevai di nuovo, aprendo il mio corpo a ogni minima sensazione: il calore del petto di Morrie premuto contro il mio, i possenti muscoli delle cosce di Heathcliff strette tra le mie, il respiro affannoso del suo respiro sulla mia pelle.

Scivolai di nuovo su di lui e Heathcliff mi prese la guancia con la mano. Adoravo quando lo faceva: le sue mani erano così grandi e robuste che avrebbero anche potuto schiacciare un cranio, se l'avesse voluto. Ma mi faceva sentire al sicuro in un modo che non avrei mai potuto immaginare.

Premette le labbra sulle mie e prese il controllo, muovendosi per spingersi più a fondo dentro di me. Scopare Heathcliff era un'esperienza selvaggia. Pretendeva tutto, ogni singola parte di te. Più che il corpo, esigeva la mente, il cuore, l'*anima*. Ma in cambio dava tutto. E avere quella parte di Heathcliff era un dono raro e meraviglioso.

Mi persi in quelle sensazioni mentre ci muovevamo insieme, strusciandoci l'uno contro l'altro, perdutamente persi.

«Sei ancora preoccupata di fare tardi per la cena, bellezza?» Morrie sorrise senza staccarmi le labbra dal lobo dell'orecchio. Fece scorrere le mani lungo il mio corpo, ricoprendo di piacere tutta la mia pelle mentre Heathcliff mi riempiva.

«Credo di *essere io la* cena.»

«Tu sei il ripieno di un delizioso tramezzino di esseri malvagi» osservò Morrie. «E se riuscissi a farti venire più in fretta? Se potessi farti dimenticare tutte le tue paure?»

Sapevo esattamente cosa stava suggerendo. Per tutta risposta, io sporsi all'indietro il sedere. Morrie mi morse il collo e avvicinò il suo corpo al mio. Aveva già preso un po' di lubrificante. Ovvio che l'aveva fatto. James Moriarty era come un boy scout a luci rosse: aveva sempre l'equipaggiamento giusto, per ogni situazione.

Una mano di Morrie mi strinse una coscia e la sua voce morbida e autoritaria mi ordinò di non muovermi. Un filo di lubrificante mi scese tra le natiche, mentre dita abili me lo strofinavano dentro e intorno al buco.

«Abbiamo tempo?» chiese Heathcliff scettico.

«Sarò rapido.» Morrie si sistemò meglio dietro di me, con il sesso duro che mi danzava sul culo. «Credetemi, dopo che ho visto voi due scopare come conigli, sarò rapidissimo.»

Si spinse dentro di me io rimasi senza fiato. Mi allargò tantissimo, anche perché avevo già Heathcliff immerso dentro fino in fondo. Mi irrigidii.

«Mordimi, bellezza» mi disse con dolcezza, e mi mise una mano sulla bocca.

Io gliela morsi, il che mi concesse qualche istante di quiete in cui riuscii a rilassare i muscoli, e a quel punto lui si spinse più a fondo. Per quante volte l'avessi fatto così, con loro due che mi riempivano da ogni parte, mi sentii sopraffatta, nel miglior modo possibile.

«La nostra Mina...» sussurrò Morrie appoggiato al mio orecchio mentre affondava di un altro centimetro. «Che razza di piccola sporcacciona!»

Rabbrividii alle sue parole mentre si spingeva, sempre più in profondità, fino a quando non fu dentro del tutto.

A Heathcliff mancò il fiato quando sentì l'uccello di Morrie premere contro di lui attraverso le mie pareti. Mai tre persone al mondo avrebbero potuto essere più vicine di così. Non eravamo legati solo nel corpo, ma anche nella mente e nell'anima.

Heathcliff emise un gemito, basso e famelico. L'oscurità che aveva nello sguardo sembrò diffondersi a tutto il suo corpo, riversandosi dentro di me mentre infilzava quella fame che mi bruciava dentro. Si ritrasse piano e poi si spinse di nuovo in profondità.

Quindi fu il turno di Morrie. Si ritirò nell'istante preciso in cui Heathcliff si spinse a fondo, la sua risata malvagia che mi si riverberava sulla pelle mentre oscillava i fianchi per affondare meglio.

I due erano ormai esperti in questo. Avevano trovato il loro ritmo. Io mi aggrappai alla sedia e alle spalle di Heathcliff, abbandonandomi a loro, fiduciosa che mi avrebbero sorretta, e si sarebbero presi cura di me. Sentivo nelle orecchie il ronzio del sangue che mi scorreva veloce, il cuore che mi rimbombava nel petto.

Le dita di Morrie mi strinsero i fianchi. «Così, bellezza. Prendici entrambi in profondità. Brava.»

Mi scoparono tutta, davanti e dietro, senza sosta e senza pietà. Il petto di Heathcliff era madido di sudore. Il respiro di Morrie mi risuonava nell'orecchio. Ero persa tra loro, schiava dell'intenso piacere di quella reciproca condivisione.

Loro sono miei. E io sono loro.

Quel pensiero mi regalò un'esplosione di luminosità, una forza che mi attraversò il corpo e mi ricordò che ero Mina Wilde, che avevo fatto tanto ed ero arrivata lontano, e che avevo l'amore di tre uomini straordinari. E nessuno, men che meno un manipolo di scrittori, mi avrebbe portato via tutto ciò, qualunque cosa pensassero di me e della mia storia.

Ce la posso fare.

Il brontolio di Heathcliff si trasformò in un basso gemito. Le sue labbra si tesero mentre si avvicinava al limite. Morrie si chinò oltre la mia spalla e lo baciò, mordendogli le labbra, per dargli quel tocco di dolore che sapeva che lui amava.

Con un grido, soffocato dalle labbra di Morrie, Heathcliff venne e lo sentii guizzare dentro di me.

E mi lasciai andare. Spiccai il volo. Mi librai in alto, al di sopra di me stessa. Guardando in giù vidi una giovane donna luminosa, con i capelli aggrovigliati e gli occhi di fuoco, che veniva scopata alla meraviglia e che *vibrava* di piacere e amore. E quando tornai in me, il mio corpo era caldo, vivo e più potente che mai.

Mi appoggiai al petto ampio di Heathcliff, il suo uccello ancora caldo dentro di me, mentre Morrie dava un ultimo colpo e usciva, venendomi sulla schiena.

Fu un momento assolutamente perfetto. Avrei voluto rimanere lì per sempre...

«Cosa state facendo voi due?» ci rimproverò scherzando Morrie. Si rialzò e riprese a cercare la sua camicia perfetta. «Ve ne state lì a cincischiare quando abbiamo meno di un'ora per prepararci per la cena. Heathcliff, appendi i vestiti alla trave, così si stirano mentre si asciugano! Credevo che ti fossi già fatta la doccia, Mina, tanto più che adesso me la faccio io.»

«Non te la farai certo tu per primo. Ci metti una vita e l'ospite d'onore sono io, non tu!»

«Impediscimelo, se ci riesci, bellezza.» E la porta del bagno si chiuse con un forte colpo.

«Basta che tu me lo dica, e lo appendo per i testicoli al ventilatore del soffitto con una corda da pianoforte» borbottò Heathcliff.

«Ci penso io.» Mi staccai con riluttanza da lui, attraversai la stanza zoppicando e bussai alla porta. «James Moriarty, esci subito da quel bagno o dirò a Grimalkin dove hai nascosto la tua scorta di formaggio francese d'importazione...»

«Non lo faresti mai!»

«Te lo garantisco!»

Okay, forse allora non è perfetto...

«Che effetto ti fa l'idea di incontrare Hugh Briston?» mi chiese Morrie in bagno, mentre mi passava accanto per sistemarsi la cravatta allo specchio.

Mi misi di fretta un po' di fard sulle guance. Da quando la mia vista era peggiorata mi truccavo molto meno, non perché non riuscissi a farlo (anche se ora ci mettevo un po' più di tempo, oppure mi truccava Quoth) ma perché non facevo caso al trucco degli altri e quindi il mio mi sembrava meno importante. Ma quella sera avevo deciso di truccarmi un po'. Volevo fare la giusta impressione su Hugh e anche mascherare un po' il rossore che avevo e che diceva che ero appena stata scopata a più non posso.

«Sono entusiasta. Tutto questo mi ha aiutato molto, grazie. Sono pronta a scendere al piano di sotto e a fingere di sapere cosa diavolo sto combinando.»

«Non c'è bisogno di fingere, Mina.» Heathcliff si accigliò mentre strappava i pantaloni dall'asse da stiro prima che Morrie potesse provare per la terza volta a stirarglieli. «Tu meriti di stare qui.»

Finito di applicare il rossetto, tornai alla montagna di vestiti che Morrie aveva gettato sul letto e cominciai a buttarli da parte.

«Ma cosa fai?» chiese Heathcliff. «Avevo sistemato tutto come è disposto a casa, nella mia stanza, e tu sei venuta a rovinare tutto.»

«Ho messo una pochette di perline in una delle borse, ma non ricordo in quale.» Mi chinai per aprire la cerniera dello zaino di Quoth e ne estrassi un astuccio da cosmetici in pelle nera. «Se scopro che Heathcliff l'ha lasciata a casa per infilare nello zaino una seconda bottiglia di scotch o quei venticinque libri che si è portato, non sarò per niente felice...»

«Wow, bellezza!» Morrie attraversò la stanza a lunghe falcate. Mi prese l'astuccio dalle mani e mi tirò in piedi. «Togliti subito da lì. Non vorrai sgualcirti il vestito. Te la troviamo io e Heathcliff la borsa.»

«Parla per te» mormorò Heathcliff dalla sua poltrona accanto al caminetto, mentre si apprestava all'ardua impresa di ri-spiegazzarsi i pantaloni. Lo sentii girare una pagina del libro.

«Bene. Oscar, vieni ad aiutarci!» gridò Morrie. Oscar saltò su dalla sua cuccia sotto la finestra. «Da bravo, tu rovista nella borsa di Heathcliff mentre io cerco tra le mie cose, su...»

«E va bene.» Heathcliff si alzò e venne verso di noi con passo strascicato. Poi tirò fuori qualcosa da sotto il letto. «È questa?»

«Assolutamente.» Ci misi dentro il rossetto e la carta d'identità. Poi lanciai un'occhiata al telefono sul pavimento vicino alla sedia di Heathcliff. Mi prudevano le mani per la voglia di prenderlo. *No, Heathcliff ha ragione. Dovrei essere in vacanza.* Controllai che la bandana che avevo legato intorno alla pettorina di Oscar, abbinata al mio abbigliamento, fosse messa bene. «Però Quoth non c'è.»

«Sai anche tu com'è, quando è uccello» disse Heathcliff. «Il suo tempo è diverso dal nostro.»

Guardai verso la finestra: un pizzico di tristezza mi lambì il cuore per il fatto che Quoth non sarebbe stato con noi. Ma sapevo che non sarebbe arrivato in ritardo senza una buona ragione. Evidentemente si stava divertendo a parlare con i corvi.

«Gli lasceremo la finestra socchiusa» commentò Morrie, appoggiando sul davanzale la chiave di scorta. «Che ne dici? Può andare bene?»

«Sì.» Trassi un respiro e mi lisciai il vestito un'altra volta. «Ora possiamo andare.»

Heathcliff fissò con tristezza il libro, poi controllò che la fiaschetta di whisky fosse ben riposta in tasca.

Morrie infilò l'astuccio dei cosmetici nel fondo dello zaino di Quoth, si lisciò il vestito impeccabile e mi offrì l'altro braccio. «Li stupiremo, bellezza.»

5

Voci e una allegra musica di pianoforte ci accolsero mentre scendevamo le scale. Lo stomaco mi si contorceva per la tensione, ma lo tenni a bada.

Sono Mina Wilde e ho messo dietro le sbarre diversi assassini. Esco con tre dei cattivi più famosi della letteratura classica. Posso farcela di sicuro a entrare in una stanza e parlare con alcuni scrittori.

Attraversammo l'atrio principale, ormai deserto, e percorremmo un ampio corridoio fino alla sala della musica. Si trattava di una grande sala dagli alti soffitti dietro il ristorante, dove venivano organizzati cocktail e piccoli concerti. Secondo Jonathan, un tempo era un salotto dove gli ospiti dei banchetti si ritiravano per passare la sera ad ascoltare il pianoforte o a giocare a carte. I miei tacchi e le zampe di Oscar ticchettavano sul pavimento di marmo. Riuscivo a vedere che era una scacchiera di marmo bianco e nero: era un contrasto netto, che i miei occhi percepivano bene, e rendeva la stanza più interessante.

«Il personale di servizio sta portando in giro diversi vassoi» mi sussurrò Morrie, descrivendomi gli angoli bui della stanza che non riuscivo a vedere bene. «Ci sono più o meno trenta persone, anche se nessuna di loro è radiosa come te. Qualcuno sta tirando il collo a un pianoforte a coda nell'angolo...»

«Niente morti» risposi sottovoce. «Questa è una vacanza priva di delitti, ricordi?»

«Se lo dici tu, bellezza. Ci sono dei divani in pelle disposti sotto la vetrata, e alla tua sinistra c'è il bar...»

«Ah, dolce, fortificante alcol.» Heathcliff sfilò il braccio da sotto la mia mano e si chinò a baciarmi la sommità del capo. «Torno subito.»

Sparì verso il bar, prima che potessi chiedergli di portarmi un gin and tonic. Morrie rise. «Non preoccuparti, bellezza. Starò io al tuo fianco.»

Feci un gesto di rifiuto con la mano. «Non sono nervosa. Mi avete tranquillizzata, ricordi?»

«Ah, ma dimentichi che io ti conosco. È da un mese che studi tutte queste persone sui social media, alla ricerca di ogni possibile dettaglio su di loro per poter fare una buona impressione» mi fece notare Morrie. «Le cose non cambiano solo perché si fa dell'ottimo sesso. Mi piace pensare che tu l'abbia fatto anche con me: se cerchi il mio nome su Google, troverai ogni tipo di oscenità scritta dai miei fan, la maggior parte delle quali probabilmente è molto più vicina alla verità della mia vita, che non il vecchio e noioso romanzo di Doyle.»

«Tu ti sei cercato su Google?» gli chiesi.

«Ma certo.»

«Non ne sono per nulla sorpresa, conoscendoti. Possiamo prendere...»

«Tu sei Mina Wilde?»

Mi girai verso la voce. La stanza era abbastanza luminosa da permettermi di distinguere la sagoma di una donna minuta con capelli biondi mossi che indossava uno splendido tubino nero.

«Sì, sono Mina.» Le tesi la mano.

Lei me la prese, in una stretta cordiale ed entusiasta. Poi strinse anche la mano di Morrie. «Sono Christina Olivian. Ti ho riconosciuta dalla foto sulla tua biografia. È un piacere conoscerti. Mi è piaciuta la tua storia. Davvero audace!»

«Anche a me è piaciuta molto la tua.» Ricordai il nome di Christina dalla montagna di estratti che avevamo dovuto leggere come parte dei nostri compiti pre-ritiro. Tra tutti gli scritti, il racconto di Christina era il mio preferito. Era un mistero inquietante di una ragazza scomparsa e di un maniero nello Yorkshire, raccontato da donne di tre generazioni diverse. Aveva un'atmosfera cupa e gotica che mi affascinava, e sapevo che Heathcliff l'avrebbe adorato.

Ma non ne rimasi sorpresa. Avevo cercato anche io su Google. Christina era una scrittrice affermata, con due libri già pubblicati (anche se da piccole case editrici) e acclamati dalla critica. Di persona, sembrava molto più giovane di quanto ci si potesse aspettare dai suoi successi letterari e dal suo lavoro così ricco.

«Grazie. Spero davvero che tutto ciò che imparerò da Hugh porterà il mio manoscritto nei posti giusti. Spero che sarà un successo. E questo è il tuo agente?» Si girò verso Morrie.

«No. Non ho nessun agente. Questo è Morrie, uno dei miei... ehm... fidanzati.» Era strano doverlo spiegare a una sconosciuta. Tutti ad Argleton erano così abituati a vedermi con Heathcliff, Morrie e Quoth che nessuno batteva più ciglio. Persino mia madre aveva accettato la mia relazione poco convenzionale e aveva ammesso che c'erano dei vantaggi ad avere per giro tre ragazzotti robusti che l'aiutassero quando era ora di aprire barattoli di sottaceti e rimuovere ragni dalla doccia. Se la gente spettegolava su di noi ad Argleton, lo faceva nel tradizionale modo britannico: alle nostre spalle.

Quando avevo ricevuto l'invito per il ritiro letterario e avevo notato che tutti i pasti prevedevano la presenza di un accompagnatore, avevo riflettuto su come gestire il mio harem. Ma alla fine avevo deciso che non avevo nulla di cui vergognarmi e così avevo mandato un'e-mail a Donna Bollstead, la proprietaria della Meddleworth, nonché organizzatrice del ritiro, chiedendo se era possibile inserire tutti e tre i miei fidanzati nelle attività del gruppo, magari pagando un extra. Donna era stata estremamente gentile.

Essere uscita allo scoperto significava sapere che mi sarebbero state fatte domande sulla mia relazione, soprattutto da parte di chi aveva letto il mio libro. Ma mi sentivo preparata. Per le altre cose, invece, non sapevo se ero pronta.

«Oh, che meraviglia. Proprio come nel tuo libro!» Christina si avvicinò e sussurrò a mezza voce: «Sono curiosa di sapere come ci si sente a uscire con tre uomini. La maggior parte degli uomini è troppo gelosa per prendere in considerazione una cosa del genere, quindi noi donne di solito dobbiamo essere più riservate.»

«Oh, beh, non sono sicura che sia il modo giusto per affrontare la situazione...»

«Io sono qui con il mio ragazzo, Killian Stafford. È anche il mio agente. Lui non accetterebbe assolutamente che io avessi un altro ragazzo. Ucciderebbe chiunque mi sfiorasse con un dito. È geloso da morire. Tu come hai fatto per convincerli? Non sono gelosi l'uno dell'altro? Litigano mai per te?»

Cercai di ricordare quello che avevo letto in *La zoccola etica*. «Immagino che non sia giusto essere gelosi quando una persona che amiamo è felice...»

Ma Christina sembrava essere una di quelle persone che non hanno bisogno di una controparte, per poter conversare. «Killian è fantastico, davvero. Non è uno scrittore, ma mi ha sostenuto davvero molto nella mia carriera. Parteciperà alle lezioni con me e si assicurerà che io ne tragga il massimo beneficio. Non vedo l'ora di imparare da Hugh. Sono disposta a fare *qualsiasi cosa*, per arrivare al livello successivo.»

«Sembra una promessa in grande stile» risuonò alle sue spalle una voce acida. «Hai intenzione di accoltellare i tuoi colleghi scrittori mentre dormono?»

Christina rise a quel commento mentre l'uomo scortese si univa al nostro gruppo. «Non fateci caso. Lui è Charlie Doyle. È lo scrittore di polizieschi procedurali del nostro piccolo gruppo. Credo che voi due andrete splendidamente d'accordo, visto che anche Charlie scrive libri ambientati in un piccolo villaggio inglese...»

«Se lei è Mina Wilde, con il suo libro sull'investigatrice dilettante, le nostre opere non hanno proprio niente in comune» ribatté Charlie, sdegnoso. «Io sono un ex poliziotto con trentatré anni di servizio, e sono dieci anni che sgobbo sul mio libro, perfezionando ogni dettaglio relativo ai fatti. Al contrario, fin dal primo capitolo del libro di Mina ho capito che il suo romanzo è pieno di errori sulle procedure. Ecco perché la polizia, come la scrittura, dovrebbe essere lasciata ai professionisti.»

Morrie mi afferrò una mano. «Mina è un'ottima scrittrice. Si dà il caso che io sia un intenditore di omicidi, e posso dire che nel suo libro ha azzeccato ogni singolo dettaglio.»

Riuscii a trattenere un sorriso.

«Con tutto il rispetto, signore, visto che lei ha l'aria di un uomo istruito...» Charlie punteggiò l'aria intorno a sé con un dito, a sottolineare ogni sua parola. Gli piaceva avere l'attenzione di tutti. «Ma come fa una donna cieca a scrivere un libro convincente? Come fa a descrivere ciò che non può vedere? Ahhh.»

Il predicozzo di Charlie si interruppe con un urlo, mentre si scostava di colpo. Un'ombra scura gli passò davanti e intuii, dal balletto indiavolato che stava facendo, che qualcuno gli aveva versato un bicchiere di whisky in testa.

«Ops» disse Heathcliff con aria svagata, rimettendo il bicchiere vuoto sul bancone. «Ho proprio le mani di burro.»

«Che razza di babbeo imbranato!» gridò Charlie furioso. «Ora sono tutto appiccicoso. Ho lo scotch che mi cola nelle scarpe e questa cravatta... è *di seta*...»

«Oh, ecco, lasci che l'aiuti.» Morrie si fece avanti. Avrei potuto fermarlo, ma mi trattenni, dopo tutti i commenti di Charlie sulla mia vista e le sue insinuazioni che i miei libri, basati sulle mie reali esperienze di vita, riportassero dati inesatti.

Morrie afferrò la cravatta di Charlie, borbottando qualcosa sul lavaggio a secco e sul punto di saturazione delle fibre. Un attimo dopo, Charlie urlò di nuovo. Morrie fece un passo indietro e si videro delle fiamme vive che fuoriuscivano dal petto di Charlie.

«La mia cravatta va a fuoco!» urlò, vorticando su se stesso, in preda al panico. Tutti nella stanza si allontanarono di corsa.

«Ohibò, è vero» commentò Morrie e tornò vicino a me. «Non so come sia successo.»

«Cra!»

Una sagoma scura attraversò la porta del salone della musica e si tuffò direttamente su Charlie.

«Ahhh, un uccello!» Charlie alzò le mani per proteggersi il viso, dimenticando completamente che aveva la cravatta in fiamme. Anche le maniche presero fuoco. L'odore di tessuto bruciato si diffuse nell'aria e l'allarme antincendio si mise a suonare.

Charlie si buttò a pancia in giù e iniziò a cercare di avvolgersi nel tappeto per spegnere le fiamme. Solo che il tappeto era tenuto fermo dai mobili e dagli invitati. Lo sfilò con violenza da sotto il piede di una donna, la quale cadde, finendo tra le braccia di un altro uomo.

«Idiota!» esclamò questi dando un calcio a Charlie su un fianco. «Togliti da qui e vai in bagno a bagnarti la cravatta.»

Sul tappeto, dove il fuoco aveva iniziato a espandersi, era rimasta una macchia nera. Faticavo a trattenere le risate. Accanto a me, Morrie era scosso dagli sghignazzi e sentivo che anche Heathcliff, al bar, ridacchiava. Non potevo voltarmi a guardarli, o sarei crollata anche io. Invece, cercai freneticamente Quoth.

Era appollaiato sul bastone delle tende e scese in picchiata non appena Charlie si alzò barcollando.

Non dirai mai più cose del genere sulla mia Mina, mai più.

Quoth girò intorno alla testa di Charlie, sollevò una zampa e scaricò una cacca gigante. Tutti gli anni passati ad affinare la mira sui fastidiosi clienti che recitavano poesie stavano dando i loro frutti, e il pacco dono di Quoth atterrò dritto dritto sulla faccia di Charlie.

«Aarrrrrrrgh!» urlò lui.

Io non riuscivo più a trattenere le risate, ma per fortuna il resto della stanza si unì a me. Furioso, Charlie si passò le dita su quella schifezza nel tentativo disperato di pulirsi, e poi si allontanò, con le scarpe che facevano *ciaff ciaff* a ogni passo.

«Ti ho portato da bere.» Heathcliff mi mise in mano un bicchiere. Lo portai alle labbra. Un G&T. Il mio preferito. Il cuore mi si riempì di amore per i miei ragazzi.

Morrie mi strinse una mano. «Se qualcun altro ti crea problemi, faccelo sapere.»

«Lo farò senz'altro, te lo prometto.»

Quoth scese e mi si posò sulla spalla. Gli accarezzai la testa con affetto. «Siete stati brillanti, tutti quanti. Però, sul serio: posso reggerle, un po' di critiche. Dopotutto, sono qui per imparare. Non è che i miei libri debbano per forza piacere a tutti.»

«Ma quel tizio ha detto che non potevi scrivere perché sei cieca» osservò Christina, sistemandosi il vestito mentre tornava al nostro gruppetto. «Si è meritato tutto quello che ha avuto.»

«Cra.» Quoth fece un vigoroso cenno di assenso con la testa.

«Non posso credere che quell'uccello se ne stia appollaiato così, sulla tua spalla. Non hai paura che abbia l'influenza aviaria o che ti tolga un bulbo oculare con il becco?» disse Christina.

«Niente affatto. I corvi sono molto intelligenti. Questo lo ha dimostrato.» Accarezzai la testa di Quoth e lui mi si strofinò sulla mano, emettendo un piccolo *nyah-nyah-nyah* mentre uno dei vassoi ci passava davanti. Presi un bocconcino di salmone e lo porsi a Quoth, che lo trangugiò affamato.

Mi dispiace di aver fatto tardi, Mina. Stavo parlando con i corvi e... beh, c'è qualcosa per cui potrei aver bisogno di aiuto...

«Sono costernato.» Jonathan apparve al mio fianco in un lampo. Avvolse con delicatezza le sue enormi mani intorno a Quoth. «Sono terribilmente dispiaciuto se questo uccello ti ha disturbata. Questo piccolo bastardo deve essere volato dentro quando sono rientrato dopo avere recuperato la macchina. Lo rimetterò con gli altri e non vi disturberà più.»

«Tranquillo, Jonathan.» Accarezzai di nuovo la testa di Quoth. «Ha combattuto per il mio onore. Penso che sia un uccellino piuttosto adorabile.»

Faresti meglio a ricordartene più tardi, mi ammonì Quoth. *Dalla finestra ho visto quello che hai fatto con Morrie e Heathcliff, e ho dei progetti anche io.*

Un brivido delizioso mi percorse la schiena. Strinsi più forte l'imbracatura di Oscar. Morrie prese una polpettina da un vassoio vicino e la diede a Quoth.

«Il vostro amico è già arrivato?» chiese Jonathan, lasciando che Quoth finisse la polpetta prima di sistemarselo bene sulla spalla. «Non l'ho visto arrivare, ma in effetti sono stato impegnato a occuparmi della vostra macchina. Ho estratto la maggior parte dei pezzi più grandi e li ho lasciati nel parcheggio del personale sul retro, accanto alla mia Range Rover. Lì c'è un'officina. La nostra docente di lavorazione dei metalli, Melinda, ci darà un'occhiata per vedere se può ripararla, ma credo che la macchina ormai sia andata.»

«Il nostro amico Allan è arrivato poco fa» dissi. «È in camera a riposare, ma tra poco si unirà a noi per la cena, giusto? Anche perché ho lasciato socchiusa la finestra della nostra suite.»

Grazie, Mina. Tu pensi a tutto.

«Non è una buona idea.» Jonathan si accigliò. «Questa notte il tempo peggiorerà e domani dovrebbe arrivare un gran brutto temporale. Con il vento la pioggia scenderà di traverso e rovinerà le vostre cose. Vado io a chiuderla...»

«No!» gridai, più forte di quanto volessi. Abbassai subito la voce. «Voglio dire, la chiuderà Allan quando scenderà. È solo che... a lui l'aria fresca e frizzante della campagna piace.»

«Molto bene.» Jonathan fece un cenno di saluto al gruppetto. «È meglio che vada e vi lasci ai vostri drink. Devo riaccompagnare alla sua famiglia questo personaggetto qui.»

A presto, Mina. Vedi se riesci a tenermi qualche altra polpetta. Quando avrai un momento libero, ti racconterò dei corvi.

«Beh, è stata sicuramente un'avventura.» Christina prese due bicchieri di bollicine da un vassoio e me ne porse uno. Scossi la testa, ancora intenta a bere il mio G&T. Heathcliff mi passò un braccio davanti per prendere uno dei bicchieri di spumante, ma qualcun altro lo precedette.

«Grazie, vecchia mia.» Un uomo dall'accento molto aristocratico prese il bicchiere di bollicine dalle mani di Christina e si rivolse a Morrie. «Devo dire che non so come abbiate fatto, ma la scena della cravatta di quel vecchio poliziotto che andava a fuoco è stata davvero spassosa.»

«Io non c'entro» disse Morrie con la voce più dolce e innocente che sapeva fare.

«Sì, sì, capisco. Dovete tenere la bocca chiusa. Negare l'evidenza e tutto il resto. Comunque, bello spettacolo. Non so nemmeno perché Charlie si sia disturbato a presentarsi a questo ritiro. Hugh non sceglierà di certo le sue storielle poliziesche, quando ci sono dei lavori di spessore come quello della mia Christina.» Sfoggiò un sorriso così luminoso che lo vidi anch'io. «E il suo, naturalmente, signore.»

«Oh, io non sono uno scrittore di gialli» disse Morrie e liquidò il commento con un gesto della mano. «Cioè, quello che scrivo io sui crimini sono piani dettagliati su come commetterli. Io sono qui ad accompagnare Mina.»

«Oh, giusto. Sì, certo.» Il tipo mi lanciò un'occhiata e poi guardò subito altrove.

Christina aggrottò le sopracciglia. «Lui è Killian, il mio compagno. Mina, mi dispiace che sia così sessista e che abbia dato per scontato che solo gli uomini possano scrivere gialli.»

«Killian Stafford, agente letterario.» Killian mi tese la mano. Non avrei voluto stringerla, ma pensai che sarebbe stato un affronto eccessivo. «Spero che una volta che Christina avrà stupito Hugh con il suo lavoro, io potrò intervenire e concludere l'affare.»

«Sembra che lei abbia delle certezze» intervenne Morrie. «Ma chiunque, tra gli scrittori presenti, potrebbe spuntare quel contratto di pubblicazione.»

«Temo che il nostro accordo sia praticamente già concluso.» Killian gonfiò il petto. «Ho messo in contatto Christina con Hugh in numerose occasioni. Lui ha detto che la vuole alla Red Herring Press: sta solo aspettando che lei gli scriva il libro perfetto. E noi pensiamo che il suo nuovo manoscritto sia quello giusto. Hugh e io dobbiamo solo limare alcune clausole e poi saremo pronti a concludere l'affare.»

«Allora cosa ci facciamo qui noialtri?» chiesi, sentendomi una morsa al petto. La pubblicità di quel ritiro per scrittori diceva che ogni anno Hugh sceglieva un autore da promuovere attraverso la sua società. Se era già stato deciso che quell'autore fosse Christina, allora io non avevo nemmeno una possibilità?

«Io so bene cosa ci faccio qui» sussurrò con fare cospiratorio una donna che si era avvicinata al nostro gruppetto. «Sono qui per assicurarmi che Hugh Briston *paghi*.»

6

«Se il nostro amico Charlie fosse qui, direbbe che sembra una minaccia» commentò Morrie.

«Ah, ma lo è» replicò la donna ridendo, con una voce gutturale così nervosa che l'aria si era fatta densa di tensione. «Voglio vedere quell'uomo ripugnante ballare appeso per il collo.»

Aprii la bocca per dire qualcosa, ma mi resi conto di non sapere cosa dire. Come avrei potuto ribattere?

Rilassati, Mina: la gente fa sempre minacce inutili. Solo perché sei abituata a vedere delitti ovunque, non vuol dire che questa donna abbia davvero intenzione di fare del male a Hugh Briston.

Accanto a me, Killian ridacchiò. «Sono sorpreso che Hugh ti abbia fatto entrare, Vivianne. Non c'è un ordine restrittivo su di te?»

«Era una voce messa in giro da Hugh per farmi sembrare una donna isterica. Ma è qui che dimostro la mia arguzia.» Vivianne sollevò un dito. I miei occhi colsero sulle sue dita il luccichio di parecchi gioielli scintillanti. «Sono qui con uno pseudonimo. Helena Fox. Rovinerò il fine settimana del mio ex marito come lui ha rovinato gli ultimi quindici anni della mia vita.»

«Mi sembra un buon piano» commentò Heathcliff. «Anche io adoro la vendetta. Magari possiamo scambiarci consigli?»

Ma Vivianne non stava ascoltando. Si sporse in avanti tra di noi, e continuò a raccontare la sua storia con la voce piena di veleno. «Per quindici anni ho seguito quell'uomo in tutto il mondo mentre costruiva l'impero della Red Herring. Ho sorriso ai suoi amici editori e ho lasciato che gli agenti letterari mi accarezzassero sotto il tavolo, quando questo serviva per procurargli i contratti che voleva. Ho fatto di tutto per quell'uomo, e lui come mi ha ripagata?» La voce di lei si alzò fino a coprire il frastuono. «Chiedendo il divorzio non appena sono uscita dal fiore della mia giovinezza, e mi ha lasciata senza il becco di un quattrino. Beh, ride bene chi ride ultimo. Aspettate e vedrete. Siete tutti invitati con un posto in prima fila per il dramma letterario del decennio.»

Con quelle ultime parole di condanna, girò sui tacchi e se ne andò. Sentii un'altra donna gridare poiché Vivianne per poco non la travolse.

«Ferma, non scappare proprio ora.» La nuova donna batté le mani e la sala si ammutolì. «Buona sera, scrittori e ospiti. Mi chiamo Donna Bollstead, e sono la proprietaria della Meddleworth House. Ho da poco ereditato la Meddleworth dai miei genitori, morti in un tragico incidente di barca l'estate scorsa. Chi di voi ha già partecipato a eventi letterari alla Meddleworth noterà alcuni cambiamenti, in particolare l'apertura della nuovissima spa e del centro benessere. Proprio come il mutevole paesaggio del mondo dei libri, anche questa dimora deve stare al passo con i tempi, ma vi accorgerete che siamo più impegnati che mai a preservare il patrimonio letterario della Meddleworth.»

«Ma per favore» esclamò Killian con tono canzonatorio

mentre sollevava il bicchiere. «Se potesse, Donna venderebbe tutte le prime edizioni presenti nella sua biblioteca, per fare più spazio al suo prezioso centro benessere.»

Christina lo zittì.

«Donna sembra giovane dalla voce» sussurrai a Morrie.

«Dall'aspetto potrebbe avere più o meno la tua età» sussurrò lui. «Anche se i suoi seni non sono neanche lontanamente...»

«Troppe informazioni, grazie.» Mi voltai per tornare ad ascoltare le parole di Donna.

«Il volo di Hugh da New York è arrivato in ritardo per via del maltempo, ma ora lui è in camera a rinfrescarsi e sarà qui a momenti. Siete invitati a godervi le bevande, le tartine e l'intrattenimento: è tutto gratis. Alle sette ci troveremo al ristorante per una cena seduta. Grazie a tutti.»

«E io mi godrò tutto questo.» Heathcliff si voltò e tornò al bar, lasciandoci lì con Killian e Christina. Mi chinai e toccai nervosamente la bandana che avevo legato all'imbracatura di Oscar. Aveva un motivo di simpatici teschi disegnati e il colore era perfettamente abbinato al mio vestito. Il solo fatto di sapere che avevo Oscar ai miei piedi e Morrie al mio fianco mi tranquillizzò.

Hugh sarà qui a momenti...

«Donna ci ha organizzato una bella festa» commentai con Christina.

«È tutto molto più sfarzoso di quanto ricordassi» replicò lei. «Devo dire che preferisco lo champagne e i canapè, alla birra e ai cracker dell'ultima volta.»

«Sei già stata qui?»

«Ho partecipato al ritiro tre anni fa, quando l'hotel era gestito dai genitori di Donna. Non c'era il centro benessere, le camere non erano così lussuose e il ristorante era più che altro un pub. Mi piace come Donna ha trasformato questo posto. Sento che qui scriverò delle parole straordinarie.»

«Con tutto quello che ci costa, sarà meglio!» mormorò Killian. «Questa settimana Donna sta facendo una fortuna con noi. Ma ne varrà la pena quando Hugh pubblicherà il libro di Christina.»

Decisi di non abboccare alla sua esca. Avevo la sensazione che Killian facesse soldi grazie alla sicurezza che dimostrava. EInoltre, con Morrie avevo imparato che se uno come Killian diceva che l'affare era concluso non significava necessariamente che fosse già tutto definito nei minimi dettagli.

Ma sul prezzo aveva ragione. Come autrice selezionata per partecipare al ritiro, ricevevo un rimborso per le spese di viaggio, ma dovevo comunque pagare la mia stanza e la quota del workshop. In più, dovevo anche pagare il soggiorno dei ragazzi. Morrie si era offerto di pagare lui, ma dopo aver visionato il totale gli erano usciti gli occhi dalla testa. Avevo sentito dire che un tempo il ritiro era diverso, molto più informale, ed era un po' un club per soli uomini. Così ora, anche se il costo avrebbe impedito ad alcuni scrittori di partecipare, ero ben felice che stessero almeno cercando di essere più inclusivi.

«Chi sono tutte queste altre persone nella stanza?» chiesi a Christina, che aveva dimostrato di essere decisamente la più cordiale tra gli autori presenti. «Dalle voci sembra che siamo in quaranta o cinquanta.»

«Oh, sono stati tutti invitati personalmente da Donna. Per la maggior parte si tratta di altri scrittori o gente dell'industria editoriale, oppure autori che hanno partecipato a vecchie edizioni del ritiro. Entrambi i genitori di Donna erano scrittori e usavano la Meddleworth come una specie di salotto letterario, il che, detto tra noi, non è una strada per la ricchezza. L'ultima volta che sono stata qui era chiaro che il posto stava cadendo a pezzi, ma a loro non sembrava importare: quello che contava era sentirsi circondati da scrittori che creavano mondi. Dopo la loro tragica morte, Donna ha rilevato il posto e ora sta cercando di farlo fruttare con i corsi e con il centro benessere.» Christina indicò la stanza con un cenno del braccio. «Ci crederesti che tutte queste persone parlano male di lei da mesi, dicendo che sta calpestando l'eredità dei suoi genitori? Però quando è ora di champagne e canapè gratis, si presentano tutti.»

«Ah. Capisco.» Sorrisi al pensiero del modo in cui alcune persone si erano comportate dopo che avevo iniziato a fare dei cambiamenti alla Nevermore. «Questo genere di cose dà decisamente fastidio agli snob della letteratura. Succede un po' la stessa cosa nella mia libreria. I clienti si lamentano del fatto che la narrativa popolare occupi un posto d'onore nelle esposizioni, alle spese di pilastri classici come Dickens, Tolstoj e le sorelle Brontë, ma la verità è che si deve esporre ciò che vende. La gente dovrebbe poter leggere quello che preferisce, senza essere giudicata. E se noi non facciamo soldi, un'altra libreria indipendente muore.»

«Esatto.» Christina mi fece un sorriso. «Ehi, posso fare un firmacopie nel tuo negozio, magari? Mi piacerebbe aiutare le librerie indipendenti.»

«Mi occuperò io dei dettagli.» Killian le si piazzò davanti e mi guardò con lascivia, evidentemente intuendo la possibilità di stringere un accordo. «Quando il suo nuovo libro uscirà con la Red Herring Press, sarà un grande successo. Dovrete ordinarne almeno mille copie, ma sono sicuro che andrà subito esaurito...»

«È arrivato!» sussurrò qualcuno alle nostre spalle.

«Era ora» bofonchiò un altro uomo. «Non credo che potrei stare un altro minuto in questa stanza soffocante e opprimente. Potresti passarmi un altro champagne? È tutto gratis, no?»

«Oh, eccolo qua.» Killian diede una gomitata a Christina.

«Vieni, mio meraviglioso premio. Andiamo a prenderci un po' di tempo a tu per tu con il nostro biglietto fortunato.»

Che modo strano di rivolgersi alla propria ragazza.

«Ooooh!» Christina si allontanò senza nemmeno salutare. Un attimo dopo la sentii distribuire baci in aria a qualcuno che stava vicino alla porta. «Hugh, tesoro. È così bello rivederti.»

«L'aquila è atterrata» mi sussurrò Morrie.

Non c'era bisogno che me lo dicesse. C'era un'atmosfera di grande agitazione, con tutti i presenti che gravitavano intorno una figura imponente che era apparsa al fianco di Donna sotto l'enorme porta doppia. Mi sentii imbarazzata e improvvisamente nervosa. Laggiù c'era un uomo che avrebbe potuto trasformare i miei sogni in realtà. La mia carriera era già stata stroncata una volta per motivi di discriminazione. Ora *doveva* funzionare.

«Hai intenzione di parlargli?»

«Io...» Non trovavo le parole. «Non vorrei buttarmi nella mischia e confondermi tra le tante facce nella folla. Non mi sembra bello aggredire qualcuno prima che si avvicini al bar. Magari... vado in bagno.»

«Oh, guardami, ma che bel coniglietto!» esclamò Morrie mettendosi le mani sulla testa a imitare un paio di orecchie da coniglio.

«Shhh.» Gli diedi un buffetto sulla mano. «Gli parlerò più tardi. Te lo prometto.»

Diressi Oscar lungo un corridoio che portava ai bagni. C'erano due toilette e un bagno separato per i disabili. Indirizzai Oscar lì, feci i miei bisogni, mi lavai le mani e poi cercai il rossetto nella borsa, sperando di rimettere nel retino le farfalle che mi si agitavano nello stomaco.

«Ce la puoi fare, Mina» ricordai a me stessa. «Sei la figlia di uno dei poeti più famosi di tutti i tempi. Hai letteralmente ucciso un vampiro secolare uscito da un romanzo horror. Che vuoi che sia parlare di un libro a un uomo?»

Ma prima, un piccolo ritocco. Poi uscirò da qui e lascerò Hugh Briston a bocca aperta.

Mi ripassai il rossetto, controllai che la mia acconciatura fosse ancora al suo posto e sentii Oscar fare un guaito.

«Che c'è, ragazzo?»

Mi voltai verso la porta chiusa a chiave, proprio nel momento in cui qualcosa di pesante vi batté contro. Il cuore mi balzò in gola. La pesante porta di legno vibrava mentre veniva colpita da fuori.

Sembrava che qualcuno stesse cercando di sfondarla!

7

«Cosa... cosa sta succedendo?» gridai affannata. «Questo bagno è occupato.»

«Aauuuu...» sentii un grido. Il cuore mi martellava contro il costato. I colpi e i tonfi continuarono. Oscar si avvicinò e iniziò a battere sulla porta con le zampette. Non volevo che si avvicinasse, perché sembrava che la porta avrebbe ceduto da un momento all'altro. Lo presi per l'imbracatura e lo tirai indietro, costringendolo a mettersi seduto al mio fianco mentre cercavo freneticamente di capire cosa fare.

Ecco, chiamo Heathcliff. Lui farà scappare il bruto.

Tirai fuori il telefono. Avevo appena dato il comando vocale di comporre il numero di Heathcliff quando sentii una voce al di là della porta. Era flebile, e risultava ovattata dal legno spesso e dalle mura ancora più spesse.

«Argh, Fergus, torna indietro, vecchia bestia.»

Riconobbi la voce di Jonathan. Lo sentii borbottare e sbuffare per un po', poi disse a voce alta: «Se c'è qualcuno lì dentro, puoi uscire tranquillamente. L'ho preso.»

Timidamente, allungai una mano e aprii la porta. Oscar abbaiò felice e mi trascinò fuori.

Jonathan era in mezzo al corridoio che tratteneva un cane enorme e agitato, dal manto bianco e nero, che cercava freneticamente di sfuggirgli di mano per uccidermi a slinguazzate. Oscar rimase al mio fianco, come era stato addestrato a fare, ma dal modo in cui tirava il guinzaglio, capii che avrebbe voluto andare a socializzare con il suo nuovo amico.

«Mi dispiace, tesoro.» Jonathan afferrò il guinzaglio del cane. «Ti presento Fergus. Di solito sta negli alloggi del personale quando sono in servizio, ma mi è scappato mentre ero di spalle. Scommetto che ti ha spaventata a morte!»

«Un po'.» Sorrisi al cane che, eccitato, sbavava sulla mano di Jonathan. Era grande almeno il doppio di Oscar ed era tutto muscoli, con una testa enorme e la bocca piena di denti aguzzi, ma da vicino era chiaro che era un gigantesco orsacchiotto. Mi resi conto che i colpi e i tonfi che avevo sentito erano quelli di Fergus che colpiva la porta di legno per entrare. «Credo volesse fare amicizia con Oscar.»

«Sì. È un cane lupo irlandese: ottima compagnia quando lavoro nella tenuta. Io e Fergus siamo insieme da quando era un cucciolo.» Jonathan gli accarezzò la testa con affetto. «Non voleva essere violento: di solito sta sempre nella stanza dove sono io. È che probabilmente ha sentito l'odore del tuo Oscar e voleva giocare. Ha pensato che a forza di lanciarsi contro la porta, sarebbe riuscito a sfondarla e a entrare.»

«E ci credo!» commentai ridendo. «Tranquillo. Conosco bene questo comportamento. Spesso Oscar gratta con le zampette contro una porta chiusa a chiave se pensa che io sia chiusa dentro a divertirmi senza di lui.»

Avvicinammo i cani e lasciammo che si annusassero e si leccassero a vicenda. Fergus era così felice di avere un nuovo amico che aggrovigliò il guinzaglio intorno alle gambe di Jonathan rischiando di farlo cadere.

Jonathan si districò. «Sarà meglio che lo riporti nella sua stanza e lo chiuda dentro con una bella orecchia di maiale per il resto della serata. Se Donna lo becca qui dove ci sono gli ospiti, ci butterà fuori tutti e due, vero, ragazzo?»

«Bau!» dichiarò Fergus.

«Bau» concordò Oscar.

«Se Oscar vuole fare un po' di esercizio durante la vostra permanenza, siete invitati a venire a passeggiare con me e Fergus durante i nostri giri mattutini» disse Jonathan. «Oppure, sarò felice di portarlo a spasso per te mentre tu sei impegnata. Troverà parecchie cose da fare nel parco.»

«Potrei accettare la proposta.» Mi portai una mano ai capelli, che per fortuna erano sopravvissuti a quel terrificante incontro in bagno. «È meglio che torni di là. È arrivato il famoso Hugh.»

«Sì, vero. Tiene banco là fuori come se fosse un dono mandato da Dio» mormorò Jonathan.

«Non sei un grande fan di Hugh Briston, eh?» gli chiesi.

«Sì, ma è che sono un vecchio brontolone. Non badare a me.» Jonathan accarezzò la testa di Fergus. «Hugh viene qui da anni per tenere i suoi laboratori. I Bollstead lo adoravano, però lui non ha nessun rispetto per la storia di questo posto. La Meddleworth House e i suoi terreni sono meravigliosi. Sono la mia casa da quando sono nato e non mi piace che la gente se ne approfitti. Sei una ragazza dolce, Mina. Stai attenta con Hugh, non serve che dica altro.»

Jonathan iniziò a trascinare lungo il corridoio Fergus tutto eccitato. Mentre li seguivo verso il salone della musica, Heathcliff, Morrie e Quoth fresco di doccia e ben vestito, arrivarono di corsa da dietro l'angolo, e per poco non ci vennero a sbattere addosso.

«Che cosa è successo?» chiese Heathcliff, agitando il

telefono. «Questo apparecchio infernale mi ha mandato un messaggio di SOS.»

«Pensavamo che Charlie volesse vendicarsi.» Morrie parlava con tono scanzonato, ma la sua voce era intrisa di panico.

Scoppiai a ridere. «Grazie a tutti per essere corsi in mio aiuto. Oscar e io siamo stati intrappolati nel bagno da Fergus, ma alla fine si è scoperto che voleva solo farsi dei nuovi amici.»

«Oooh, ma certo che vuole degli amici, vero cucciolotto?» Heathcliff si inginocchiò per strofinare le orecchie di Fergus. Il cane mugolò di felicità e si accoccolò su di lui, riempendogli il vestito di peli, ma Heathcliff non se ne curò.

Il mio cuore fece la solita capriola di fronte a quel brontolone che si lasciava andare per un animale. Dovemmo fare a turno per accarezzare Fergus, fino a quando Jonathan non lo tirò via con la forza. Morrie fu costretto ad afferrare Heathcliff per un braccio per impedirgli di inseguirlo.

«Calma, ragazzone. C'è bisogno di te qui. Mina deve tornare là a parlare con Hugh e, a giudicare dal livello di follia che abbiamo già visto stasera, ha bisogno di protezione.»

«Non ha bisogno di nessuna protezione. Deve solo smetterla di farsi mettere all'angolo da scrittori pazzi e da adorabili cagnoloni, e trovare il coraggio di andare da lui a presentarsi.»

«Ehm, ragazzi» intervenne Quoth, con voce nervosa. «Mina potrebbe avere la sua occasione prima di quanto pensiate. Hugh Briston sta arrivando verso di noi lungo il corridoio.»

Mi voltai di scatto e riuscii a scorgere una figura scura che avanzava con passo deciso lungo lo stretto corridoio, verso i bagni. Mi appiatti all'istante contro il muro.

«Non posso di certo importunarlo mentre va al bagno!»

«Gli stiamo bloccando la strada» fece notare Morrie. «Non dirgli nulla sarebbe ancora più strano. Forza!»

Morrie mi diede una leggera spinta e Oscar trotterellò in quella direzione. *Bene, mi sa che ci provo.*

Nell'avvicinarmi a Hugh, riuscii a distinguere alcuni dettagli su di lui. Mi ero fatta descrivere la sua immagine da Quoth prima di arrivare, quindi sapevo che aveva capelli corti, scuri e con un taglio corto e ordinato, e un piccolo pizzetto. Indossava un abito scuro che dalla silhouette sembrava di buon taglio. Non era alto come Morrie né massiccio come Heathcliff, ma era decisamente robusto. Avremmo dovuto appiattirci contro il muro per passare.

«Salve, signor Briston.» Allungai la mano mentre lui cercava di schivarmi. «Sono Mina Wilde. Una delle studentesse del ritiro. Volevo solo ringraziarla per avermi invitato al corso. Non vedo l'ora di sentire le sue opinioni sul mio lavoro e...»

«Ti dico subito come la penso, Mina» sbottò Hugh. «Questo non è il tuo posto.»

8

«Come, scusi?»

Avevo il cuore che mi martellava nel petto.

Non l'ha detto, vero? Devo aver sentito male. I miei nervi mi stanno facendo brutti scherzi...

«Devo ammettere che la tua domanda mi ha incuriosito» proseguì Hugh. «Un vero investigatore dilettante che scrive un racconto su un investigatore dilettante. Ma quando ho letto le tue pagine di prova ho capito che avevo di fronte qualcuno che non capiva nulla di artifici letterari.»

Oscar ringhiò quando Hugh cercò di passare. Oscar non ringhiava quasi mai. Mi chinai per cercare di calmarlo.

Hugh tirò su con il naso. «La tua idea di personaggi letterari di fantasia che prendono vita e si immischiano negli affari del mondo moderno avrebbe potuto essere una satira intelligente sulla nostra ossessione di venerare certe opere di letteratura classica senza la minima critica, ma non sei abbastanza intelligente per riuscirci. Quello che ho letto è un libro che è un vero e proprio pasticcio: il sogno erotico di un'adolescente, avvolto negli orpelli di un romanzo. La parte del giallo è semplicistica, la storia d'amore distrae, il sesso è gratuito e assurdo, e il tutto è un miscuglio di generi che nessuno ha mai chiesto.»

Quelle parole così dure mi fecero mancare l'aria. Gli occhi mi si riempirono di lacrime. Il mio libro era un resoconto, seppur leggermente velato, della mia vita con i ragazzi nella libreria. Descriveva come avevo risolto l'omicidio di Ashley Greer, la mia ex migliore amica, e il periodo bellissimo e confuso in cui ero tornata ad Argleton e mi ero innamorata di tre cattivi della letteratura.

Non solo Hugh Briston aveva definito spazzatura il mio romanzo, ma se l'era presa con *la mia vita*.

Facevo fatica a respirare. Sembrava che mi avesse assestato un pugno nello stomaco.

«Mi... mi dispiace che la veda così» riuscii a dirgli, rivolgendo uno sguardo ai ragazzi dietro di me, nella disperata speranza che venissero ad appiccare fuoco a Hugh Briston. Ma loro stavano cercando di lasciarmi spazio, perché potessi fare colpo su di lui. Non potevo contare sul fatto che intervenissero sempre per salvarmi. Cercai di ricacciare indietro le lacrime e riprovai. «Deve avere visto del potenziale, altrimenti non sarei qui...»

«In verità, gli editori mi hanno detto che se voglio continuare a fare questo mestiere, devo essere più *inclusivo* riguardo a stili e a idee diverse. Devo smetterla di pubblicare solo libri di uomini bianchi e vecchi, come se fosse questo il criterio con cui scelgo i miei autori! Io scelgo le storie migliori dei migliori scrittori, e se poi sono tutti uguali, non è un problema mio. L'anno scorso due dei miei autori erano donne. Ma a quanto pare, su centottanta libri della mia lista, non basta. Secondo me, sono tutte stronzate da leoni da tastiera. Ma il mondo di oggi va così. Quindi eccoci qui: tu hai il tuo posto nel mio ritiro e io sono bloccato a leggere un manoscritto che è ridicolo. E confuso come un lama a spasso per un negozio di Marks and Spencer.»

Non piangere, non piangere, non piangere...

«Quindi dovrei... andare a casa?»

«E dire ai media che il vecchio e meschino Hugh Briston ha cacciato la ragazza cieca?» replicò spazientito. «Non mi pare la scelta più saggia. Mi sguinzaglieresti dietro gli squali, il che sarebbe una seccatura, ma comunque niente che non abbia già gestito in passato. Nel frattempo, bruceresti tutti i ponti in questo settore. Nessun editore ti toccherebbe più, se mi dichiarassi guerra. Hai pagato la quota per essere qui, quindi suppongo che tu possa partecipare ai workshop e alle critiche di gruppo. Forse imparerai come scrivono i veri scrittori. Oppure preferisci passare la settimana al centro benessere, facendoti gonfiare e vaporizzare l'ovatta che hai tra le orecchie?» Hugh agitò una mano con aria di sufficienza.

«Ci vediamo al laboratorio di domani» gli dissi a denti stretti. Se pensava di potersi liberare di me così facilmente, non conosceva Mina Wilde.

«Come desideri. Ma non pensare nemmeno per un momento che la Red Herring sia interessata a pubblicare questo pasticcio strappalacrime mascherato da giallo. Andrebbe bene per una chat su Internet per zitelle solitarie, e niente di più. Buona serata.»

Con ciò, Hugh mi superò a gomitate e scomparve nel bagno degli uomini.

Mi accasciai contro il muro, troppo stordita e ferita per reggermi ancora in piedi. Gli insulti di Hugh mi giravano in testa in continuazione. Odiava il mio libro. Odiava tutto ciò che conteneva: il mistero, la storia d'amore...

Non riesco a fare nulla di buono.

Forse non ho *la stoffa per diventare una scrittrice.*

«Mina?» Una voce mi richiamò dai miei oscuri pensieri. Sbattei le palpebre e mi si annebbiò la vista mentre le lacrime mi salivano agli occhi. Calde braccia mi circondarono. Quoth. Certo che era Quoth. «Stai bene? Stai tremando. Cosa ti ha detto Hugh?»

«Ha detto...» Tirai su con il naso. «Ha detto che odia il mio libro. Odia tutto ciò che contiene. Ha detto che mi ha accettato al ritiro solo perché gli serviva essere inclusivo. Ha detto che posso anche fare a meno di disturbarmi a partecipare ai seminari...»

«Io lo uccido» ringhiò Heathcliff, comparendo alle spalle di Quoth.

«No.» Afferrai il braccio di Heathcliff. «Non puoi farlo.»

«Ti ha insultato» disse Morrie. «Merita di morire, per questo.»

«Non darò mai ragione a voi due, Conte della Stizza e Carlo Magno del Crimine.» Le morbide labbra di Quoth mi asciugarono le lacrime prima che potessero scendermi sulle guance. «Ehi, se ti ha veramente detto tutto questo, gli caverò io gli occhi e me li mangerò in sua presenza.»

«In effetti, il *Napoleone* del crimine sarei io, uccellino. E lo sai bene.» Morrie diede una gomitata a Quoth nelle costole. «E quello stupidotto faccia da gibbone si sbaglia su di te, bellezza. Il tuo libro è eccellente. È una storia divertente e tu la racconti bene.»

«Stupidotto faccia da gibbone?» esclamai, stringendomi la pancia mentre scoppiavo in una risata fragorosa. Come sempre, quei tre avevano trovato il modo per farmi ridere.

«Me l'ha detto Heathcliff. Viene dal suo libro di insulti storici. Se preferisci, potrei dire che se il suo cervello fosse fatto di dinamite, non ce ne sarebbe abbastanza per fargli saltare in aria il cappello. Anche se...» si sfregò il mento. «Forse qui potrei aiutarvi in qualche modo...»

«Niente dinamite.» Tirai su con il naso, anche se non riuscii a nascondere il sorrisetto che mi si disegnò sulle labbra.

«Il suo albero genealogico deve essere un albero di Natale» aggiunse Heathcliff, che sembrava aver capito come funzionava il gioco. «Perché tutti i suoi parenti sono delle enormi *palle*.»

Quoth rincarò la dose: «È grazie ai suoi *geni* che tutta la famiglia va in giro con una lampada di Aladino in tasca.»

Avevo le lacrime a forza di ridere. Sapevo bene che mi stavo rovinando il trucco, ma che importanza aveva ormai? Avevo cercato di fare colpo su Hugh Briston, ma quella nave non solo era stata persa, ma era anche stata presa dai pirati.

Morrie assunse una posa da oratore. La sua recente esperienza teatrale nel ruolo di Macbeth al Festival shakespeariano di Argleton aveva decisamente lasciato il segno. «Solo perché Briston è uno snob letterario e il suo certificato di nascita è una lettera di scuse alla fabbrica di preservativi, non significa che...»

«No, ma non è quello...» Ripensai ai commenti di Hugh. «Credo che il mio libro in effetti sia un miscuglio di generi. E magari ho dato troppa importanza all'aspetto sentimentale. A volte la gente è parecchio critica nei confronti delle smancerie romantiche, che – per quanto assurde – sono una parte importante della trama. E l'eroina ha tre amanti: forse è un po' troppo strano per la letteratura mainstream...»

«Chi è che dice che siamo strani?» Heathcliff si scrocchiò le nocche delle dita. «Gli falcio io le dita, una a una.»

«Gli manderò talmente tante maledizioni che ogni volta che si metterà i calzini, uno sarà sempre leggermente storto. Quel tanto che basta per farlo stare scomodo tutto il giorno» disse Quoth, del tutto serio e impassibile. Mi ci vollero diversi istanti per smettere di ridere e riuscire a parlare.

«Può bastare così, amici. Credo che... a volte dimentico che quello che abbiamo noi è decisamente insolito. Non è una cosa da tutti.» Incrociai le braccia, mentre pensavo a come agire. «So che da qualche parte esiste un pubblico per la nostra storia, ne sono sicura, a prescindere da quello che ne pensa Hugh Briston. La sua sarà anche la voce più importante nel campo dell'editoria, ma non è l'unica. Non mi farò condizionare da lui. Mi godrò questo ritiro, imparerò il più possibile e quando sarò a casa migliorerò ancora di più la mia storia.»

«Sei sicura?» mi chiese Morrie. «Perché pensavo che sarebbe divertente falciargli anche le dita dei piedi. Oppure, ho dei modi piuttosto fantasiosi per separargli le...»

«Oh, ne sono *sicura*.» Mi stampai un sorriso in faccia prima che Morrie mi fornisse altre macabre fantasie di vendetta. (E comunque, da dove arrivava quell'idea di "falciare le dita dei piedi"?) Afferrai l'imbracatura di Oscar e feci un gesto in direzione della sala musica. «Ora, possiamo tornare alla festa? Ho tutte le intenzioni di bere tutto il gin disponibile e di inseguire chiunque abbia in mano un vassoio, per assicurarmi che non rimanga nemmeno una polpetta di agnello per Briston.»

«L'alcol non risolverà tutti i tuoi problemi.» Morrie mi tese un braccio e io ci infilai la mano. Quoth mi prese dall'altra parte e mi posò una mano sulla schiena in un gesto protettivo, accendendomi la pelle.

«Vero, ma nemmeno il latte risolve i problemi» ribatté Heathcliff camminando davanti a noi. «Eppure, il governo continua a dirci di berne due bicchieri al giorno. Ora, quanti soldi pensi che dovrei pagare la pianista nell'angolo per farle suonare a ripetizione la stessa scala per tutta la sera? Se abbiamo deciso che vogliamo far vedere i sorci verdi a Briston voglio almeno che diventi orbo per la noia.»

9

Mi svegliai e sentii il rumore di qualcuno che si muoveva nella nostra camera. Aprii gli occhi e scoprii che era ancora buio. Heathcliff era disteso accanto a me che russava, con la testa appoggiata al mio cuscino e un braccio muscoloso adagiato alla mia vita. Dall'altra parte, Morrie lo abbracciava da dietro, con la guancia contro la sua spalla. Mi ricordai che ero in un castello che non conoscevo e che non avevo messo il computer portatile e i gioielli nella cassaforte della camera, perché Morrie insisteva nel dire che tutto lo spazio gli serviva per la sua collezione di orologi firmati.

Mi alzai di scatto, afferrai il coltello che Heathcliff infilava sempre sotto il cuscino e lo puntai davanti a me, nella penombra.

«Chi è là? Sarò anche cieca, ma una volta ho trafitto un vampiro con una spada, quindi niente scherzi.»

Una forma scura si mosse davanti alla finestra. «Mina?»

Era Quoth. Mi rilassai, sollevata.

«Mi dispiace di averti spaventata.» Si chinò e mi baciò la sommità della testa. «Stavo cercando di fare piano.»

«Cosa stai facendo?»

«Shhh, torna a dormire.» Quoth si passò una mano tra i lunghi capelli. «Sono a caccia dei miei stivali. Heathcliff ha scaricato un'intera pila di vestiti sopra le mie cose e non riesco a trovare nulla.»

«Perché ti servono gli stivali?»

«Oh, io... ehm... pensavo di alzarmi prima di tutti gli ospiti e... e...»

«E andare a parlare con i corvi?» Sapevo quanto Quoth fosse eccitato ogni volta che incontrava i suoi simili. In paese non c'erano corvi e ne avevamo visti alcuni a Londra, ma eravamo stati troppo distratti a risolvere omicidi per fermarci a socializzare. Per molti versi, Quoth era sempre stato più a suo agio quando era corvo, quindi per lui era bello conoscere altri uccelli. Mi ricordai che aveva qualcosa da dirmi, ma la sera prima, dopo l'incontro con Hugh, non ero stata molto in vena di conversare. Lo presi tra le braccia e lo tirai vicino a me, annusando il suo profumo di terra e di cioccolato. «Vuoi che venga con te? Possiamo parlare di quella cosa che volevi dirmi ieri.»

Sentii che il suo respiro aumentò il ritmo. «Sarebbe fantastico. Sarà più facile mostrartelo che spiegartelo.»

Lo stavo ancora abbracciando, e lui si trasformò in corvo. Quando mutava forma, c'era un momento bellissimo in cui le piume nere gli spuntavano dalla pelle e lui era ancora per lo più umano, ma ricoperto di piume liscissime e setose. Mi piaceva toccarlo mentre si trasformava: lui si sentiva rassicurato dalla mia presenza e io adoravo sentire le sue ossa che scrocchiavano e si rimodellavano per diventare una creatura nuova che però rimaneva completamente, intrinsecamente Quoth.

Era straordinario perché era davvero impossibile. E però era reale. Era lì. Ed era *mio*.

Quoth andò ad appollaiarsi in cima alla cassaforte. Sentii i suoi occhi cerchiati di fuoco che mi seguivano per la stanza mentre mi mettevo i jeans, una maglietta di Patti Smith e una felpa. Presi la chiave della stanza e svegliai Oscar: gli misi davanti l'imbracatura e gli ordinai di entrarci. Scendemmo tutti e tre al piano di sotto, con Oscar che trotterellava felice verso la porta principale, eccitato all'idea di fare i suoi bisogni e di andare a fare una passeggiata. Quoth ci seguiva saltellando; aveva qualcosa sotto un'ala e di tanto in tanto emetteva un suono eccitato, roco e stridente.

Spalancai la pesante porta d'ingresso in legno e fui colpita in viso dall'aria fredda. Non pioveva, ma nell'aria gelida aleggiava la promessa di un acquazzone. Le nuvole incombevano, grigie e basse. Pensai all'auto di Morrie e ricordai a me stessa che eravamo intrappolati lì, e che per fortuna il castello era caldo e asciutto.

«Cra» gridò Quoth, lanciandosi in avanti mentre attraversavamo il prato, per poi fermarsi vicino a una fontana ricoperta quasi per intero dalla vegetazione, per permettere a Oscar di fare i suoi bisogni. Quando ebbe finito, Quoth ci condusse dall'altra parte del prato, verso la voliera.

Oscar mi guidò senza farmi finire dentro le pozzanghere. Evidentemente si ricordava che il giorno prima l'avevo sgridato.

Mina, guarda! mi disse la voce di Quoth nella testa. Nella nostra connessione telepatica risuonava la sua eccitazione e... anche la sua angoscia. Quoth era ansioso e turbato, ed ero sul punto di scoprirne il motivo.

Oscar si fermò davanti a un lungo recinto di rete. C'era troppa poca luce perché potessi distinguere qualcosa dall'altra parte, a parte le forme scure degli alberi e dei posatoi, ma sentivo delle voci di corvi, che ci salutavano gracchiando. Esitante, Quoth si avvicinò alla recinzione. Poi lasciò cadere dall'altra parte l'oggetto che aveva portato con sé. Riconobbi che si trattava di uno degli orologi di Morrie, preso tra quelli che aveva riposto nella cassaforte.

«Quoth, hai preso un orologio di Morrie dalla cassaforte?»
Non ne sentirà la mancanza.

«Ma, scusa, non sai come è fatto Morrie?»
Si divertiranno molto più di lui, fidati.

Sentii i corvi che staccavano il retro della cassa dell'orologio e spezzavano le maglie del cinturino. Quando il metallo e la fila di diamanti intorno al quadrante furono colpiti dai primi raggi di sole che facevano capolino all'orizzonte, vidi un lampo di luce.

Dicono che è un dono accettabile, mi disse Quoth. *Posso essere loro amico.*

«Morrie sarà contento di saperlo, quando arriverà in ritardo per il suo impacco di alghe perché dei corvi gli hanno mangiato il Rolex» mormorai.

Mentre Quoth si levava in volo per andare a chiacchierare con i suoi nuovi amici, io e Oscar camminammo lungo la recinzione. Poi Quoth si mise a saltellare sopra di essa, parlando in lingua corvina agli uccelli che si trovavano all'interno. Nella mia testa i suoi pensieri diventarono un'accozzaglia di suoni in una lingua che non capivo.

Solo una volta tornati al punto di partenza mi resi conto che non eravamo affatto vicino a un recinto, ma all'esterno di una enorme voliera. E gli uccelli all'interno si stavano agitando. Barcollai all'indietro perché uno di loro si scagliò contro la rete.

«Ma che hanno?» chiesi.

Vogliono che li liberi, mi disse. *Non gli piace rimanere intrappolati nella voliera. Hanno detto che prima potevano girare liberi per la tenuta, ma poi, la proprietà è passata a Donna, che non voleva facessero la cacca sugli ospiti, e li ha fatti rinchiudere qui da Jonathan.*

«Beh, questo è un problema serio.» Sorrisi a Quoth, ricordando tutte le volte che aveva depositato una "sorpresa" sulla testa di chi citava *Il Corvo* di Edgar Allan Poe. «Sembra uno spazio piuttosto grande per loro...»

Mi bloccai, immaginando Quoth intrappolato dentro un recinto. Era un pensiero che non mi piaceva.

E mi ricordai che la sera prima Jonathan l'aveva preso e aveva accennato a rimetterlo "con gli altri". Se Quoth non fosse scappato, avrebbe potuto finire in trappola anche lui.

Non mi piaceva proprio per niente.

Non possono volare più alti di due metri. Non possono librarsi in volo. Hanno le ali tutte rovinate perché continuano a urtare contro la recinzione. Non riescono a cacciare, a meno che un povero topo non finisca dentro la gabbia. Sapevi che in certe lingue un gruppo di corvi viene chiamato "una scortesia"?

«Che brutto» dico. «Tutti i corvi che conosco io sono perfettamente adorabili.»

La cosa davvero brutta è tenerli intrappolati in questo modo. Quoth si posò sulla mia spalla. Il sole nascente colpì il fuoco della giustizia che gli ardeva nelle iridi. *Possiamo aiutarli?*

«Non credo. Siamo ospiti. Non è che possiamo andare in giro a mettere in libertà la fauna locale. E poi, non saprei nemmeno da che parte cominciare. Questa recinzione sembra piuttosto robusta e la serratura deve essere forte, se regge gli attacchi dei corvi.»

Hanno detto che all'inizio Jonathan aveva installato un lucchetto a combinazione, ma loro l'hanno scoperta e si sono liberati. Così Donna ha installato una nuova serratura elettronica che dovrebbe essere a prova di corvo. Mina, stanno piangendo. Non sono fatti per stare in gabbia.

Le parole di Quoth erano piene di passione e di rabbia. Mi ricordai della mostra d'arte che aveva creato ad Argleton, quella che era stata distrutta quando aveva cercato di succhiarmi il sangue dopo che Dracula lo aveva trasformato nel suo servo vampiro. (Era stato un anno terribile. Magari un giorno ne avrei scritto un libro). Quella volta Quoth aveva creato un'installazione di gabbie per uccelli, alcune con le porte aperte, altre con oggetti intrappolati all'interno. Ricordavo che camminare dentro quella mostra era stato come guardargli nel cuore.

Quoth si sentiva spesso in trappola, non perché noi lo tenessimo in gabbia, ma perché non si trovava bene in nessun posto. Grazie alla nostra relazione aveva potuto esplorare le sue emozioni attraverso l'arte, andare a scuola, esporre i suoi dipinti e avere un futuro. Si sentiva libero e voleva dare a quei corvi la stessa sensazione.

Mi chinai e toccai la testa di Oscar. Per molti versi, anche io mi sentivo come lui. Dopo aver appreso la mia diagnosi di retinite pigmentosa, mi ero sentita in trappola. Ma la Libreria Nevermore, i ragazzi e Oscar mi avevano fatto capire che i miei occhi non erano una maledizione che mi distruggeva la vita, ma solo un'altra parte di me.

Feci un sospiro. «Non posso prometterti nulla, ma

proveremo a parlare con Jonathan. Forse riuscirà a opporsi a Donna e a liberarli.»

Grazie, Mina. Per loro è molto importante. E anche per me.

Quoth mi seguiva saltellando sul bordo del recinto, mentre gracchiava e faceva quel *nyah-nyah-nyah* gutturale conversando con i corvi che stavano dentro. Io strinsi con più forza il guinzaglio di Oscar, mentre grosse gocce di pioggia cominciarono a cadermi sulle spalle. Oscar tirò il guinzaglio. Voleva continuare la passeggiata, ma a me non piaceva l'idea di andare in giro da sola sotto la pioggia.

«Torno dentro» dissi a Quoth. «Vuoi venire con me?»

Penso che resterò ancora un po', se a te sta bene. Rientro in tempo per la lezione di pittura.

«Certo.» Salutai Quoth e diressi Oscar al sentiero.

Mentre affrettavamo il passo verso l'edificio, notai un passaggio coperto che passava di fianco al ristorante. Avremmo preso meno pioggia, rispetto a rientrare dall'ingresso principale, soprattutto se ci avesse portato fino alla porta sul retro della sala della musica, come immaginavo. Così diressi Oscar verso il passaggio e lui mi fece strada, proprio mentre la pioggia iniziava a scendere copiosa. Picchiettava forte contro il tetto sopra di noi mentre giravamo in fretta l'angolo.

Quando arrivammo in prossimità del ristorante, sentii delle voci maschili. *Chi può essere fuori con questo tempo? Se è Jonathan, forse posso chiedergli dei corvi...*

Ma non era Jonathan. Riconobbi Charlie Doyle e Hugh Briston. Prima ancora di pensarci, mi appiattii con Oscar contro la casa. Entrambi gli uomini erano stati davvero orribili con me, e non volevo che mi vedessero lì da sola, senza nessuno dei ragazzi. Speravo che avrebbero finito la loro conversazione e se ne sarebbero andati. Mi strinsi il cappuccio della felpa intorno al viso per proteggermi meglio che potevo.

Per fortuna la pioggia si attenuò un po' e riuscii a cogliere parte della loro conversazione.

«Allora è tutto risolto?» chiese Charlie. «Mi spedirai il contratto per posta?»

«Non appena gli avvocati della Red Herring l'avranno redatto» rispose Hugh. «Un ex detective che si mette a scrivere gialli sarà un grande successo tra i nostri lettori. Conferisce un'aria di autenticità ai libri che il pubblico divora. Il ghostwriter ti contatterà tra un paio di settimane per...»

«Ghostwriter?» Charlie sembrava stizzito. «Non avevi mai parlato di un ghostwriter. E il mio libro? Sono *anni* che lavoro su quel manoscritto.»

«Sì, e si vede» sbottò Hugh. «Il tuo libro è un mucchio di merda fumante scritto da qualcuno che non sa scrivere. Ma va bene così. Il libro non conta. Quello che conta è il fiocco sul pacchetto. La qualità da star. Posso fare di te una star della letteratura, Charlie, ed entrambi faremo soldi a palate. Lascia che ci pensi io al romanzo: sul mio libro paga ho una schiera di scribacchini che lo sistemeranno e ne faranno una cosa degna di un programma da prima serata. Sono per lo più donne, tutte giovani e affamate. Te ne manderò una attraente. Preferisci una bionda o una rossa?»

Non pensavo che Hugh potesse arrivare più in basso di quanto avevo sperimentato, ma sì, era proprio possibile.

«Potrebbe essere una bionda, magari? Come quella Christina?» chiese Charlie con un tono di speranza nella voce.

Schifo, schifo, schifo.

«Se ti piace Christina, ti assegno lei. Tra poco Christina lavorerà come ghostwriter, non appena riuscirò a convincere quello sprovveduto del suo fidanzato che non vale diciassette milioni di sterline.»

«E potrò continuare a dire in giro che il libro l'ho scritto io?»

Charlie sembrava quasi... triste. «Nessuno saprà di questa ghostwriter?»

«Devono firmare un patto di riservatezza per lavorare con me» spiegò Hugh. «La maggior parte di loro l'ho reclutata durante i ritiri letterari precedenti. Pensano che se scriveranno abbastanza per me, alla fine otterranno un contratto editoriale tutto loro. Ma l'ultima cosa che voglio è che il mondo dei gialli si trasformi in un'altra propaggine del genere romance, quindi questo non accadrà mai. Ma mica devono saperlo: così saranno più disponibili. Oh, vedo che stanno preparando la colazione e tra pochi minuti sarò impegnato in una telefonata. Vogliamo entrare?»

«Pensi che alla Red Herring ci potrebbe essere qualcun altro più adatto a me? Magari qualcuno bravo quanto te e che potrebbe voler lavorare con me al mio libro? Non credo che l'intera storia sia da scartare, soprattutto non la parte in cui l'eroe interroga l'assassino per sedici ore di fila. È abbastanza buona *e in più* è accurata nei fatti.»

«Oh, sì, tutte e quarantotto le pagine: roba davvero avvincente.» La voce di Hugh grondava sarcasmo. «E non negozio, né cedo i miei autori a nessuno. Sono io che dirigo la baracca, capito? Tu firma il contratto, altrimenti nessuno della Red Herring o di qualsiasi altra casa editrice ti rivolgerà più la parola. Vedi tu. Adesso devo rientrare.»

I due uomini si allontanarono e sentii la porta del ristorante aprirsi e chiudersi alle loro spalle. Aspettai qualche minuto, con Oscar stretto al petto, mentre il vento e la pioggia aumentavano, e poi, quando fui sicura di aver dato loro il tempo di salire al piano di sopra, sgattaiolai fuori e corsi verso la porta del ristorante.

Quindi, Hugh Briston concedeva un contratto editoriale a Charlie Doyle, ma solo per approfittare del fatto che Charlie era un ex detective, per riuscire a vendere di più? E Hugh approfittava di giovani donne che gli facevano da ghostwriter mentre promuoveva i suoi amici per farli diventare autori superstar? E tutto questo era stato deciso prima ancora che noi mettessimo piede alla Meddleworth?

Se si fosse venuto a sapere in giro, Hugh Briston sarebbe stato sventrato. E non potevo dire che me ne sarebbe dispiaciuto.

IO

Per fortuna, quando entrai nel ristorante, lo trovai vuoto. Hugh doveva essere a fare quella telefonata, e immaginai che Charlie fosse in bagno o in camera. Il buffet della colazione emanava un profumo delizioso e il personale si stava dando da fare per preparare un tavolo degno di apparire fotografato in una rivista.

«Buongiorno, Mina.» Donna mi salutò al mio arrivo. «Sei uscita con Oscar a fare una passeggiata?»

«Ciao, Donna.» Nella luce intensa del ristorante, vidi che era vestita in modo impeccabile, con un abito di lino. Stava osservando i camerieri che sistemavano i mazzi di fiori sul buffet. «Sì, siamo usciti un po', ma non siamo andati lontano perché ha iniziato a piovere.»

«Sì, oggi il tempo dovrebbe essere pessimo e questa sera ci sarà un brutto temporale. Se viene giù qualche albero la strada potrebbe diventare impraticabile, ma almeno qui dentro si sta bene.» Non appena i camerieri si allontanarono Donna corse al buffet e scattò una serie di foto.

«Per i social» mi spiegò mentre picchiettava sul telefono. «Se vogliamo attrarre clienti nuovi e più ricchi, dobbiamo essere ambiziosi. I miei genitori non si sono mai preoccupati dei social media, mentre io ho fatto lievitare i follower della Meddleworth fino a oltre ventimila persone.»

«Incredibile» commentai. «Io mi occupo dei social media per la mia libreria, anche se ora che la mia vista è peggiorata mi aiuta Allan. Ho imparato molto dalle grandi firme e dai miei marchi di moda preferiti per tutto quello che riguarda la creazione di *esperienze*. E come coinvolgere le persone. Carico foto di pile di libri disposti in modo artistico e di angoli di lettura accoglienti e suggestivi, e citazioni sulla lettura. Ora, alcune persone vengono ad Argleton proprio perché seguono il nostro profilo Instagram.»

«È esattamente l'obiettivo che mi sono prefissata anche io» esclamò Donna raggiante. Mi passò il telefono per farmi dare un'occhiata al feed della Meddleworth. Non riuscivo a distinguere molte delle immagini, ma fui felice di vedere che usava tag alt con descrizioni, così che anche io riuscivo a "leggere" il contenuto delle immagini. «E funziona. La Meddleworth sta diventando una meta imperdibile per il turismo di lusso. A Londra ho lavorato molto aiutando i marchi di lusso a costruire la loro presenza sui media. Non avrei mai pensato di poter applicare le mie conoscenze anche a questa dimora...»

Si interruppe per guardarsi intorno, nella stanza dove Morrie mi aveva detto che alla parete c'era un ritratto dei suoi genitori.

«Mi dispiace molto per i tuoi genitori» dissi. «Deve essere difficile gestire questo posto senza di loro. So quanto lo amavano. Sono sicura che sarebbero orgogliosi di ciò che hai realizzato.»

«Lo spero.» La sua voce sembrava lontana. «Non è facile. Hanno davvero dedicato tante energie alla Meddleworth, ma non sono riusciti a stare al passo con i tempi e non è bastato a far quadrare i conti. A volte penso che sia stato proprio lo stress a ucciderli. Quando sono riuscita a dare un'occhiata ai libri contabili, la banca stava praticamente per vendere la casa. So che ad alcune persone della comunità letteraria non piacciono i cambiamenti che ho apportato, ma gli amici scrittori ed editori dei miei genitori venivano solo per bere gratis e per le feste trasgressive. La Meddleworth sarà anche stata lo sfondo di tutti i più sordidi scandali letterari degli ultimi vent'anni, ma ai miei genitori non ha mai fruttato un centesimo. Io ho mantenuto i ritiri letterari di Hugh perché almeno portano soldi, ma sono finiti i giorni in cui la Meddleworth offriva tariffe convenienti e bevute gratis a chiunque si dichiarasse uno scrittore. Non voglio dire che siamo fuori dai guai, ma le cose stanno cambiando.»

«A giudicare dal cibo, direi che diventerai milionaria.» Le feci un gran sorriso, mentre mi stringevo la felpa zuppa. «Devo andare. Devo cambiarmi prima che gli altri scrittori mi vedano così. Ci vediamo a cena stasera?»

«Oh, no, in realtà sarò alle vostre sessioni oggi» rispose Donna. «Sto scrivendo un libro sulla Meddleworth House. Non è un romanzo giallo, è più una storia della tenuta e un libro di memorie su come sono cresciuta qui e su tutti i personaggi famosi del mondo della letteratura che i miei genitori hanno intrattenuto. È un po' provocatorio, quindi sto cambiando alcuni dei nomi per tutelare le persone coinvolte. Ieri ne ho parlato con Hugh e lui mi ha detto che avrei potuto partecipare alle lezioni e che avrebbe dato un'occhiata al manoscritto per capire se poteva essere interessato a pubblicarlo.»

«Oh, forte!» Non potevo fare a meno di pensare che Hugh Briston era probabilmente il protagonista di molte di quelle storie audaci, ma non osavo credere che Donna lo avrebbe descritto come l'uomo disgustoso che era in realtà.

«Vero! A proposito, questo è per te.» Rovistò tra i fogli che aveva nella borsa di pelle oversize e tirò fuori una chiavetta da computer. «Hugh mi ha incaricata di darne un brano a tutti gli autori, perché ne facciano una lettura critica. Per gli altri ho stampato delle copie, ma mi sono ricordata che tu preferisci leggere su supporto elettronico.»

«Esatto. Grazie.» Nella mia domanda di ammissione avevo specificatamente indicato che preferivo materiale scritto in formato digitale, così da leggerlo sul mio strumento Braille. Ma spesso le persone se ne dimenticavano, e io ero entusiasta che Donna se ne fosse ricordata.

«Non c'è di che. Spero ti piaccia. È stato molto divertente scrivere e fare ricerche. E sarà un'ottima pubblicità: la gente accorrerà alla Meddleworth per soggiornare nel luogo in cui si sono svolti tutti questi drammi reali.» Donna abbassò la voce e mi sussurrò: «Mancherebbe solo l'omicidio di una persona famosa qui nell'hotel e poi saremmo a posto per tutta la vita.»

Che cosa bizzarra da dire.

«Ehm, sì, sarebbe sicuramente d'aiuto.» Mi stampai un sorriso in faccia. Essendo stata coinvolta in parecchie indagini per omicidio, era una cosa che non avrei augurato a nessuno.

«Soprattutto se poi il fantasma della vittima infestasse il posto.»

«Esatto. Tu sei una donna d'affari, come me. Sono cose che capisci. Sesso e delitti vendono. Ah, e a proposito di sesso, anch'io sono ansiosa di sapere di più della tua storia. Ho letto i primi capitoli, ed è decisamente *spinta*. Non ho letto i pezzi degli altri. Hugh mi ha dato delle copie, ma ieri sera sono stata sveglia fino a tardi a chiacchierare con lui e Charlie Doyle al bar, quindi non ho avuto tempo... Oh, devo scappare.» Donna si chinò e mi baciò entrambe le guance. «Devo assicurarmi che nella tenuta sia tutto in ordine, prima di prendermi la giornata libera per il nostro ritiro letterario. Le previsioni del tempo peggiorano a vista d'occhio. È in arrivo una tempesta. Devo controllare che Jonathan si sia occupato di tutto.»

«Ci vediamo dopo.» Diressi Oscar verso le scale. Il vento fischiava attraverso i camini e colpiva le mura esterne. Jonathan uscì di corsa dalla sala della musica, con Fergus che gli trotterellava alle calcagna. Lo chiamai, ma si stava infilando con molta fatica nella cerata da pesca e non rispose. La porta d'ingresso sbatté alle sue spalle.

Deve avere molto da fare, con l'arrivo di questo tempo pessimo.

Oscar e io salimmo le scale. L'ala degli ospiti era piena di rumori e movimenti, mentre gli scrittori e gli altri ospiti uscivano dalle stanze per andare a fare colazione. Morrie mi raggiunse sulle scale, mi prese tra le braccia e mi diede un bacio sulle labbra che mi fece tremare le ginocchia.

«Mi sono svegliato e tu non c'eri» sussurrò. «Heathcliff e io ci siamo dovuti divertire da soli.»

«Sono sicura che ci siete riusciti» gli dissi con un sorriso.

«Oh, me la sono cavata così bene che ora Sir Imbronciatello ha bisogno di riposare un po'.» Morrie mi morse il lobo dell'orecchio. «Ma ci sei mancata.»

«Io e Quoth siamo andati a trovare i corvi. Sono in una voliera e vuole che lo aiuti a liberarli.»

«Oh, il nostro povero uccellino dal cuore tenero.» Morrie sospirò. Mi avvolse le braccia intorno alla vita, e mi tenne stretta a sé, la mia schiena che aderiva perfettamente al suo petto. Mi appoggiò il mento sulla testa e io sentii che portava addosso l'odore torboso di Heathcliff, mescolato al suo pompelmo e vaniglia in un aroma che mi fece impazzire. «E tu che cosa hai intenzione di fare?»

Gli accarezzai un braccio con le dita, fino a quando arrivai al pesante orologio d'oro che portava al polso. Morrie amava le cose costose di gran firma e mi piaceva che si prendesse il tempo di farsi bello. «Ne parlerò con Jonathan. Non posso fare altro.» Abbassai la voce mentre Charlie ci passava di fianco scendendo le scale. Non vidi se ci guardò male, ma percepii la sua animosità, che mi investì come un'onda e mi fece rabbrividire. «Mi è capitato di ascoltare una conversazione interessante tra Charlie e Hugh Briston.»

«Sono tutto un fremito di attesa.»

Mi girai per baciargli la guancia. «Te ne parlerò più tardi. Voglio andare a cambiarmi in fretta. Sono completamente fradicia.»

«Sei piuttosto bagnata, in effetti, ma pensavo che fossi solo contenta di vedermi.»

Gli diedi uno spintone scherzoso e mi allontanai. «Ci vediamo di sotto. Tienimi un posto, okay? E uno anche a Quoth.»

Morrie mi soffiò un bacio. «È meglio che ti sbrighi, bellezza. Ho sentito dire che non si possono perdere i pancake dello chef.»

«Preso nota.»

Diressi Oscar verso la nostra suite, che si trovava proprio alla fine del corridoio. Tirai fuori dalla tasca la chiave della stanza e aprii la porta. Heathcliff russava. Si sarebbe arrabbiato se si fosse perso i pancake, ma non avevo intenzione di rischiare di farlo inferocire svegliandolo.

La luce cupa che filtrava dalle finestre illuminava un'enorme tela appesa alla parete: un'onda dai colori vivaci che mi fece pensare a come sarebbe stata una canzone se fosse stata dipinta. Rimasi ad ammirarla per alcuni istanti, assaporando i colori e i tratti che riuscivo ancora a vedere, e mi ricordai che Quoth mi aveva detto che tutti i quadri che erano nelle stanze erano stati dipinti da Kelly-Ann, la tutor d'arte da cui prendeva lezioni.

È davvero fantastico. Penso che a Quoth piacerà imparare da lei.

Frugai nella mia valigia e tirai fuori gli abiti che avevo scelto appositamente per quel giorno: un paio di pantaloni neri, una sottoveste vintage di seta bianca che avevo trasformato in un top e un blazer gessato nero che forse un tempo era parte di un'uniforme di una scuola privata, che avevo ornato con delle spille. La stilista in me sapeva che era importante fare una buona impressione a Hugh Briston, e volevo qualcosa che dicesse che ero una scrittrice seria, ma che lasciasse anche trasparire la mia personalità.

Peccato avessi scoperto che Hugh Briston era un porco meschino e sessista, e quindi ora non me ne fregasse un cazzo di quello che pensava di me. Ma questo non mi avrebbe impedito di essere carina e di sentirmi sicura di me. *Se quel maiale maschilista ha qualcosa da insegnarmi su come preparare il manoscritto per la pubblicazione, allora vale la pena esserci.*

Mi passai la spazzola tra i capelli indisciplinati e applicai un filo di lucidalabbra.

Nel dirigermi verso la porta, notai una luce che lampeggiava nell'armadio. Sollevai uno dei vestiti di Morrie e trovai la cassaforte della stanza. Passai le dita sul portellino anteriore, sulle etichette Braille applicate ai pulsanti. Su quello sotto la luce lampeggiante c'era scritto "A" per "Allarmato".

Fu allora che mi ricordai che nel corridoio Morrie portava un orologio al polso, e che non aveva detto nulla sul fatto che ne mancasse uno dalla cassaforte. Possibile non se ne fosse accorto quando ci aveva guardato dentro, per prendere l'orologio che indossava ora?

Strano.

Non sarà niente. Scommetto che Morrie ha permesso a Quoth di prendersi quell'orologio. Ha sempre avuto un debole per Quoth. Anche se si comporta come se non gli importasse di nessuno, James Moriarty si priverebbe di tutti i suoi gioielli d'oro pur di far sorridere uno di noi.

Mi strinsi nelle spalle, baciai in fronte Heathcliff ancora addormentato e mi affrettai a scendere.

Mentre io e Oscar percorrevamo il corridoio, fui distratta dal suono delle voci che provenivano dall'interno di una stanza. Dopo aver ascoltato la conversazione tra Hugh e Charlie, mi si drizzarono le orecchie, nella speranza di cogliere altri interessanti pettegolezzi.

Fermai Oscar e mi misi in ascolto. Ma non riuscivo a capire le parole: lungo i corridoi risuonava il suono forte e inconfondibile dei gemiti di una donna!

II

L a donna gemette di nuovo e io riconobbi la voce di Christina, la scrittrice di romanzi gotici simpatica, anche se un po' disperata, che avevo conosciuto la sera prima.

«Ancora!» gridò. «Ancora!»

Le sue parole si dissolsero in gemiti incoerenti, sovrastati dal cigolio ritmico di un mobile antico messo alla prova ben oltre le sue possibilità.

Wow, ora capisco perché sta con quel Killian. Rimasi un attimo nel corridoio, impressionata dalla loro durata. *A giudicare dai rumori, lui sa come muoversi con una donna. E lei è davvero presa. Buon per lei...*

Ma un attimo dopo fui scossa dai miei pensieri perché una voce maschile pronunciò ad alta voce il nome di lei.

E *non* era la voce di Killian.

Era Hugh Briston.

Questa deve essere la "telefonata" che doveva fare, pensai. *Hugh Briston va a letto con una delle scrittrici, a cui ha promesso un lavoro.* Era un bell'abuso di potere.

Prima che me ne rendessi conto, i miei piedi stavano

portando me e Oscar lungo il corridoio fino alla porta della suite da cui provenivano i rumori. Premetti l'orecchio contro il legno spesso della porta e ascoltai.

«Sì, Christina!» gridò Hugh. «Prendimi tutto in quella fica così stretta.»

Bleahhhhh. Non voglio sentirle, queste cose.

«Oh, Hugh, Hugh... Ehm... questo testicolo è così, di solito?»

«Tranquilla, è tutto a posto. È stato un incidente di stampa di molti anni fa. Non preoccuparti. Ora fai quella cosa con il bacino... così, brava...»

Ma perché sto ascoltando di nuovo? Ah, vero, non riesco a ignorare un mistero, e le vicende di Hugh Briston sono decisamente un mistero.

I cigolii e i gemiti si fecero più forti, più frenetici. Entrambi emisero un grido strozzato e poi il cigolio cessò. Christina sospirò felice.

«Hugh, è stato fantastico. Non posso credere che stia accadendo. Sognavo questo giorno da quando mi sono laureata in scrittura creativa. So che io e te saremo fantastici insieme, nell'editoria e nella vita. Dirò a Killian che non ho più bisogno di lui. Forse riuscirò a non pagargli i diritti d'autore...»

«Non preoccuparti di queste cose» la interruppe brusco Hugh. «Questo contratto è solo tra te e me. Devi solo firmare qui... e qui...»

Sentii un rumore di carte che venivano scompigliate e poi Christina che disse: «Ecco fatto!»

«Meraviglioso. E non dimenticare quello di cui abbiamo parlato. Non dire a nessuno del nostro contratto fino alla fine del ritiro. Ora sei un'autrice Red Herring, ma questo non garantisce automaticamente il successo: dovrai lavorare per ottenerlo.»

«Me lo guadagnerò. Hugh. Sono pronta a lavorare. Lavorerò più di quanto abbia mai fatto...»

«Ti credo. Adesso vattene. Devo vestirmi. C'è una sala piena di scrittori noiosi che devo incontrare.»

Christina emise un suono di disappunto. Sentii un rumore di cose che venivano spostate. *Probabilmente si stanno rivestendo e poi scenderanno a fare colazione...*

Merda. Sono proprio in mezzo al corridoio. Mi vedranno...

Come prevedibile, dei passi leggeri cominciarono ad attraversare la stanza, dirigendosi proprio verso la porta dietro la quale c'ero io!

Senza nemmeno pensare, mi voltai, afferrai la porta più vicina e tirai. Era una stanza per gli ospiti ed era chiusa a chiave. Ma proprio accanto c'era una porticina, senza decorazioni o numeri. Doveva essere un ripostiglio.

La aprii con uno strattone e mi buttai dentro insieme a Oscar, per poi richiudere la porta in silenzio proprio nel momento in cui quella della stanza di Hugh si apriva cigolando. Oscar era ai miei piedi, irrequieto. Gli tenevo il collare e gli grattavo le orecchie per tenerlo tranquillo mentre ascoltavo. Christina passò davanti a dove eravamo noi e si diresse verso la sua stanza, e un attimo dopo sentii l'acqua della sua doccia. Il cuore mi batteva a mille.

La porta di Hugh sbatté così forte da far tremare il muro. Le scale scricchiolarono mentre scendeva al ristorante. Christina era ancora sotto la doccia. Contai fino a sessanta con il cuore in gola prima di spingere la porta e lasciare che Oscar, piuttosto scosso, mi conducesse al piano di sotto.

Una volta dentro al ristorante intercettai Quoth e Morrie già seduti a un tavolo ad aspettarci. Quoth si alzò e venne con me al buffet per illustrarmi cosa ci fosse in ogni piatto, e per aiutarmi a prendere ciò che volevo: i buffet possono essere un vero e proprio incubo se si è ciechi. Il personale diede a Oscar una ciotola di acqua e un po' di purea di verdure, e io gli tolsi la pettorina per farlo sedere tranquillo sotto il nostro tavolo a godersi il suo banchetto.

«Hai le guance arrossate, Mina Wilde» mi sussurrò Morrie all'orecchio mentre mi tuffavo nel mio enorme piatto di pancake, banana caramellata, coulis di frutti rossi e minuscole salsiccette. «È per quella conversazione spinta che hai ascoltato per caso, oppure tu e quell'orso intrattabile che sta al piano di sopra avete combinato qualche marachella?»

Mi guardai alle spalle, ma non riuscii a vedere i visi delle persone ai tavoli più vicini a noi. «C'è qualcuno degli altri scrittori nelle vicinanze? C'è Donna?»

«No.»

«Okay, beh, non ci crederete...»

Morrie e Quoth si sporsero verso di me. Raccontai loro tutto quello che avevo sentito dire da Hugh e Charlie, e lo scambio tra Hugh e Christina al piano di sopra.

«Sono contento che Heathcliff non sia qui, perché sono sicuro che farebbe fare amicizia ai lineamenti di Hugh con un elemento portante delle mura» disse Quoth.

«Chi è che dovrei colpire con un mattone?»

«Eccolo che emerge dagli abissi» canticchiò Morrie mentre Heathcliff si accasciava sulla sedia accanto a lui. I capelli scuri gli ricadevano davanti agli occhi, ancora mezzi chiusi per il sonno. Aveva un aspetto fantastico, come sempre.

Stavo per sussurrargli di nuovo tutta la storia quando Donna batté le mani per richiamare l'attenzione dei presenti e per invitare noi scrittori ad andare in biblioteca, per iniziare la nostra giornata di workshop insieme a Hugh, e gli artisti ad andare a iniziare le lezioni nell'ala est.

Quoth prese il suo album di schizzi e mi baciò su una guancia per poi dirigersi verso la galleria d'arte e gli studi. Morrie chiuse la brochure del centro benessere con un sospiro compiaciuto e disse: «Guardami bene adesso, bellezza.

Quando mi vedrai a cena, sarò un uomo completamente nuovo.»

«Posso scegliere quale uomo sarai?» chiesi. «Perché allora sceglierei Jason Momoa.»

«Molto divertente.» Morrie mi prese e mi fece il baciamano, producendomi un brivido delizioso e allettante lungo la schiena. «Ho un'intera giornata di trattamenti: massaggio con pietre calde, coppettazione, trattamento LED del viso, scrub al sale, impacco alle alghe... Uscirò dal mio bozzolo come una farfalla radiosa, dopodiché tu mi delizierai con i tuoi racconti sconci. E forse creeremo anche noi una nostra piccola storiella sconcia.»

«Io, invece, mi metterò nella stanza accanto alla biblioteca a leggere tranquillo» annunciò Heathcliff, le dita incrociate alle mie in modo protettivo. «Se quello scemo si azzarda a dire che hai una sola virgola fuori posto...»

«Tranquillo.» Gli diedi un bacio sulla guancia ruvida e barbuta. «Posso cavarmela da sola.»

Presi il mio lettore Braille e io e Oscar seguimmo gli altri scrittori nella bellissima biblioteca del castello. L'avevo vista durante la breve visita che Jonathan ci aveva fatto fare il giorno prima, ma in quel momento mi soffermai a cogliere la sua magica atmosfera.

Il vento ululava alle finestre, ma nell'antico camino a legna scoppiettava un accogliente fuoco. Le pareti erano rivestite di librerie in legno scuro, stipate di libri e oggetti d'arte. Poltrone spaiate erano disposte a semicerchio intorno al caminetto, con tavoli pieni di penne e manoscritti, mentre il personale stava dando gli ultimi ritocchi a un buffet a base di brownies, torte e biscotti, lungo una parete.

Anche se Hugh era un idiota, sarebbe stato un fine settimana di certo straordinaria. La Meddleworth House era davvero un'esperienza impagabile!

Ci accomodammo intorno al fuoco e scegliemmo i nostri posti. Io mi sedetti a un'estremità di un divano Chesterfield in pelle capitonné. Oscar si distese ai miei piedi, a godersi il calore del fuoco, anche se rimase all'erta, pronto a intervenire se avessi avuto bisogno di lui. Christina si sedette accanto a me, le braccia cariche di quaderni. Killian prese posto al tavolo dietro di lei, al contempo parte del gruppo ma anche un po' periferico. Non mi piaceva che stesse lì a guardarci. Non era uno scrittore, quindi non capivo il motivo della sua presenza. Ma non ne avrei fatto un dramma, dato che l'unica persona che era stata gentile con me era Christina.

Charlie Doyle era seduto in fondo e notai che indossava una brutta cravatta color senape. Vivianne si era sdraiata su una chaise longue sotto le finestre. Tra la luce cupa che penetrava dalle finestre e le fiamme tremolanti del fuoco, riuscii a vedere che indossava un vestito stranamente scollato e aderente, una scelta bizzarra considerato il clima così freddo e l'ambiente dove ci trovavamo; ma ricordai che il suo scopo lì era di mettere in atto il suo piano di vendetta. Anche se non sapevo bene cosa volesse fare. Il giorno prima, per tutta la serata, era stata a tavola di fronte a Hugh, correggendolo ad alta voce ogni volta che parlava e, nelle parole di Morrie, "facendolo arrossire come il tuo bel sedere dopo una sessione con la mia cintura".

Donna era seduta impettita su una sedia con lo schienale alto, le lunghe gambe piegate, un po' troppo elegante per essere una scrittrice.

Solo quando fummo tutti seduti, Hugh Briston entrò affannato nella stanza. Si sedette su una sedia a dondolo accanto al fuoco, di fronte a noi. Con le fiamme danzanti alle sue spalle, coglievo solo la sua sagoma, ma *percepivo* il suo sguardo arrabbiato. Non capivo perché facesse quei ritiri letterari se li odiava così tanto.

Mi tornarono in mente le grida di estasi di Christina e i grugniti di Hugh.

Ah, è vero. Ecco perché fa questi ritiri. Sono il suo terreno di reclutamento per giovani scrittrici.

«Spero che siate tutti pronti a lavorare» esordì Hugh senza nemmeno salutare. «Durante questa serie di workshop, vi impartirò perle di saggezza, che ho collezionato durante la mia lunga e prestigiosa carriera, sul genere giallo. Discuteremo ogni sottogenere della narrativa gialla, dai polizieschi procedurali ai romanzi con investigatori dilettanti, ai tradizionali britannici e gotici, fino ai thriller psicologici così popolari nelle classifiche dei bestseller nell'era che ha seguito *L'Amore Bugiardo*. Approfondiremo lo stile, i temi, i sospetti, gli indizi e la costruzione di un mistery avvincente. Lavorerete più di quanto abbiate mai fatto in vita vostra. Nel pomeriggio avrete qualche ora per scrivere e la sera, dopo cena, ci riuniremo in questa stanza per leggere e criticare il lavoro della giornata.»

Fantastico. Non riesco a immaginare niente di più divertente di Hugh che squarta la mia bozza davanti a tutti, tranne forse aprire la stanza dei viaggi nel tempo nella Libreria Nevermore per ritrovarsi nell'era del Cretaceo nel bel mezzo di un rituale di accoppiamento di un T-rex...

«Come sapete» continuò Hugh, «alla fine del ritiro, selezionerò un autore promettente e gli offrirò un contratto di pubblicazione con la Red Herring Press, sotto la mia tutela. Non si tratta semplicemente di far uscire un libro. Si tratta di costruire una carriera per l'autore giusto. E non sarà uno spazio sicuro, amorevole, dolcione e protettivo: siete in competizione l'uno con l'altro per il vostro futuro. Vi consiglio di portare il vostro lavoro migliore.»

Peccato che tu abbia già promesso il contratto a Charlie Doyle per un libro che farai scrivere a Christina. Che senso ha prendere in giro tutti?

Accanto a me, Christina si agitò sulla sedia, tutta eccitata. Era sicurissima che Hugh l'avrebbe fatta diventare la prossima grande star.

Dovrei dirle quello che ho sentito? Non voglio mandare in fumo i suoi sogni, soprattutto non il primo giorno del ritiro letterario. Però immagino che solidarietà femminile significhi anche dirle che Hugh si sta approfittando di lei?

Decisi che ne avrei parlato con i ragazzi all'ora di pranzo. Al momento, ero lì per trarre il maggior beneficio possibile da quel workshop. Mi chinai in avanti, le dita già pronte sul mio tablet Braille, mentre Hugh agitava qualcosa nell'aria. Era un oggetto piccolo e sottile, ma non riuscivo a capire cosa fosse e non avevo intenzione di chiederglielo.

«Questa è la mia penna fortunata» spiegò sollevandola in aria. *Ah, bene, è una penna.* Non la vedevo, ma brillava alla luce del fuoco, ed ebbi l'impressione che si trattasse di un costoso oggetto dorato. «È stata prodotta da uno dei migliori produttori di penne stilografiche del mondo. Noi scrittori abbiamo le nostre superstizioni, i nostri rituali. Ogni manoscritto bestseller che ho curato, ogni vincitore del premio Bram Stoker o del Premio Edgar, è stato *accarezzato* da questa penna...»

Il modo in cui pronunciò la parola *accarezzato* mi fece salire in bocca un gusto di vomito.

«Nel corso della settimana userò questa penna per mostrarvi gli errori della vostra prosa. Ora, discutiamo del ruolo delle superstizioni nei romanzi gialli e polizieschi. Prendiamo per esempio la regina del crimine, Agatha Christie...»

Per l'ora successiva, rimasi affascinata dalla lezione di Hugh. Poteva essere un cretino colossale, ma conosceva davvero bene il genere poliziesco, e i libri in generale. Le mie dita si muovevano rapide e senza sosta sul tablet Braille, mentre lui passava da un argomento all'altro senza nemmeno prendere fiato.

«Naturalmente, il soprannaturale in un giallo non deve rappresentare un elemento di distrazione, bensì diventare un altro sospetto che il detective esaminerà con logica e raziocinio. Le forze soprannaturali devono avere un chiaro movente per commettere l'omicidio e devono venire usati strumenti adatti. Non possono prendere il sopravvento sulla storia, per non cadere nel regno del fantasy. E questo mi porta a parlare di uno dei vostri lavori.»

Si chinò, raccolse una pila di fogli accanto alla sua sedia e cominciò a distribuire i manoscritti agli scrittori presenti.

«Ho segnato i primi due capitoli di ogni manoscritto, così potete vedere di cosa parlo quando mi riferisco all'uso dell'atmosfera per invocare il...»

Un manoscritto mi colpì al petto.

«Ma prego, signor Briston» sbottai, ma mi diede fastidio sentire nella mia voce quel tono che sembrava quasi amichevole. Avrei preferito non avere nulla da dire, ma sapevo che mi sarei persa metà delle informazioni utili se non avessi chiarito subito la questione. «Come può vedere, sono cieca. Farò fatica a leggere le note che ha scritto a mano sul mio testo. Quando mi sono iscritta ho chiesto che le note fossero su formato elettronico, per leggerle sul mio tablet Braille, e mi è stato assicurato...»

«Le renderò le cose semplici, signorina Wilde» replicò lui sprezzante. «L'unico appunto che ho fatto sul suo lavoro è stata un'enorme croce rossa sull'intera storia.»

Stronzo.

Le sue parole furono un altro pugno allo stomaco. Trasalii, senza fiato. Non riuscivo proprio a respirare, fisicamente. Mai in vita mia mi era stato rivolto un commento così esplicito e crudele.

In lontananza, percepii un forte tonfo e una serie di

parolacce, ma ero troppo occupata a cercare di far tornare l'aria nei polmoni per prestarci molta attenzione.

Tremavo per la rabbia e l'umiliazione. Sentivo le guance ardere. Oscar, percependo il mio disagio, ringhiò a Hugh, ma se lui se ne accorse, era troppo impegnato a compiacersi della sua bastardaggine per dire qualcosa.

Già era grave che Hugh mi avesse detto tutte quelle cose orribili la sera prima, e ora doveva anche umiliarmi così, davanti a tutti gli altri autori?

«Mi dispiace, Mina» mi sussurrò Christina dandomi qualche colpetto su una gamba. «Hugh è il migliore del settore. A me la tua storia è piaciuta, ma se lui dice che non è buona, forse è meglio che tu lo scopra ora, piuttosto che renderti ridicola quando cercherai di pubblicarla.»

«Soprattutto perché tu non riesci a riportare i fatti in modo corretto» aggiunse Charlie Doyle con aria saccente. «Per esempio, nessuno verrebbe assolto dal reato di evasione solo perché poi aiuta la polizia a trovare il vero assassino. In trentatré anni di servizio non ho mai sentito una cosa del genere, e per quanto riguarda il tuo personaggio del medico legale...»

«Nessuno si berrebbe questa porcheria» mi sbeffeggiò Hugh, mentre batteva le dita sulle pagine del mio manoscritto. «Il "mummy porn" e i corvi parlanti non appartengono alla narrativa poliziesca seria...»

«Come osa?» Una voce profonda e roca risuonò nella stanza, pregna di astio.

Una voce che non mancava mai di farmi tremare le ginocchia e bagnare le mutandine.

Heathcliff.

Entrò con furia nella stanza, emanando tutta la sua possente energia heathcliffesca. Accanto a me, Christina emise un gridolino eccitato. Killian balzò dalla sedia e corse a intercettarlo, ma Heathcliff lo scartò con superiorità, come avrebbe fatto un influencer di Instagram di fronte a uno scandalo sulle criptovalute. Il mio bellissimo, furioso, mostruoso fidanzato venne a posizionarsi davanti alla sedia di Hugh Briston.

«E tu chi diavolo sei?» chiese Hugh con un ghigno nella voce, ma io percepii una punta di terrore.

«Sono l'uomo che ora ti squarcia la cassa toracica e poi usa le tue arterie come fossero dei palloncini per farci degli animaletti. Ti insegno io a parlare così male di Mina.»

«Heathcliff, ma che ti prende?»

Ricordai che Heathcliff mi aveva detto che sarebbe stato nella sala lettura di fronte alla biblioteca. La porta della biblioteca era aperta e immaginai che avesse sentito tutto ciò che Hugh mi aveva detto. Lo afferrò per il colletto e lo sollevò dalla sedia.

«Mettimi giù!» gridò Hugh.

Io cercai di abbrancare Heathcliff per una gamba, ma Oscar, percependo la tensione nell'aria, si mise tra me e i due uomini in lotta. L'unico modo per arrivare da loro sarebbe stato passare sopra Christina. Fui presa dal panico.

Con la mano libera, Heathcliff strappò la prima pagina del mio manoscritto e la appallottolò.

«Apri bene» gridò a Hugh. «Se vuoi trattare la mia ragazza in questo modo, ti costringerò a mangiarti le sue parole.»

«Ma è inaudito!» balbettò Hugh. «Cosa vuol dire tutto questooooo mmmmphffffffffff...»

«Ecco fatto.» Heathcliff infilò la palla di carta nella bocca di Hugh. Poi gli tenne ferma la mascella mentre l'uomo si dimenava e si contorceva nel vano tentativo di liberarsi. «È meglio che cominci a masticare, perché ci sono ancora parecchie pagine. Ah, aspetta, prima credo che dovremo addolcirti la bocca.»

Prese una manciata di pot-pourri da una ciotola sulla mensola del caminetto e la infilò nella bocca di Hugh insieme alla carta, ormai molliccia.

«Mmmmmmmphfffff!»

Hugh aveva le guance gonfie, e la luce del fuoco gli si rifletteva negli occhi strabuzzati.

«Jonathan!» urlò Donna. «Vieni subito! C'è una zuffa in corso!»

«Ma cosa stai facendo?» gridò Christina. «Stai facendo del male a Hugh.»

«Quest'uomo dovrebbe essere arrestato» esclamò Charlie Doyle alzandosi in piedi. «Lo tratterrò io fino all'arrivo della polizia. So come trattare i criminali di merda come questo...»

«Nessuno chiamerà la polizia» sbottò Jonathan passando oltre Oscar e inserendosi tra Heathcliff e Hugh. Poi afferrò il polso di Heathcliff e in qualche modo riuscì ad allentare la presa dalla gola di Hugh. «Forza, ragazzone. Vattene via.»

Heathcliff lasciò Hugh, che si accasciò sulla sedia, tossendo e sputacchiando pezzi di carta e foglie secche.

«Voleva uccidermi!» rantolò, stringendosi la gola.

«Proprio così, e lo farò!» ringhiò Heathcliff mentre Jonathan lo trascinava via. «Non puoi trattare Mina in questo modo. Ti *sventrerò*, demonio. Ti strapperò il DNA un pezzettino alla volta!»

«Mi dispiace per tutti. Io...» Mi alzai. Avevo le gambe che mi tremavano così tanto che facevo fatica a stare in piedi. Cercai di raccogliere le mie cose e l'imbracatura di Oscar. «Me ne andrò da qui. Mi dispiace tanto di aver disturbato...»

Scappai fuori dalla stanza proprio mentre Christina scoppiava in lacrime.

Trovai Jonathan che trascinava Heathcliff lungo il corridoio. «Ho una mezza idea di dare retta a quello stronzo arrogante e chiamare gli sbirri» gli stava dicendo. «Ma con questo tempo non verranno. Il ponte lungo la strada si allaga e rimaniamo isolati. Inoltre, capisco la tua rabbia. Quel tizio, Hugh Briston, è uno stronzo imperiale. Per il modo in cui si rivolge alla gente, soprattutto alle donne, mi verrebbe voglia di riempirlo di botte con le mie stesse mani. Non posso credere che Donna lo abbia invitato di nuovo qui, visto il modo in cui tratta la Meddleworth. Ma a lei interessano solo i suoi soldi.»

«Jonathan, porto io Heathcliff nella nostra stanza» gli dissi. «Sono sicura che tu hai dei lavori da fare e non hai bisogno di noi tra i piedi.»

«Esatto, ci sono un sacco di cose da fare.» Jonathan mi salutò portandosi una mano al cappello alla Sherlock Holmes che aveva in testa. «Sto uscendo per controllare le riserve d'acqua. Vuoi che porti fuori Oscar?»

«Sarebbe fantastico.» Tolsi il cappottino da lavoro e la pettorina a Oscar e passai il guinzaglio a Jonathan. «Grazie. Riportamelo in camera, quando ha finito. Ah, e mi chiedevo dei corvi nella voliera. Io... io faccio volontariato per un rifugio per corvi, dove viviamo, e non posso fare a meno di pensare che quella gabbia sia troppo piccola per loro. Non dovrebbero poter volare liberi?»

«Sì, sono d'accordo.» Jonathan chinò il capo. «Ma prova a dirlo a Donna. Per lei non sono altro che vecchi uccelli puzzolenti che defecano sui mobili all'aperto e rubano i gioielli degli ospiti. Però loro sono troppo intelligenti per restare a lungo lì dentro. Ho comprato un nuovo lucchetto per la gabbia, ma nonostante questo, ieri sera quel piccolo bastardo si è liberato ed è entrato subito qui. Poi è volato via prima che potessi rinchiuderlo di nuovo. Quindi non preoccuparti. Saranno tutti liberi in un battibaleno.»

Vorrei con tutto il cuore che fosse così.

Non appena Jonathan fu abbastanza lontano da non poterci sentire, afferrai Heathcliff per un braccio e cominciai a trascinarlo verso le scale. Mi scendevano le lacrime. Ero così arrabbiata e sconvolta che andai a sbattere contro lo stipite della porta.

«Perché l'hai fatto?» sibilai, furiosa.

«Hai sentito cosa ti ha detto...» Mi sfiorò una guancia con una mano. Poi mi diede uno strattone per fermarmi e mi asciugò le lacrime. «Guarda come ti ha ridotta quell'uomo orribile. È un demonio, e un bugiardo. Tu sei una scrittrice brillante, Mina Wilde. E non ti mentirei mai. Io ti dirò sempre la verità, cioè che sei straordinaria, e non posso sopportare di vederti piangere. Ho sentito che ti trattava male e ogni fibra del mio corpo si è svegliata e si è messa in modalità attacco.»

«Non siamo nel 1802! Non puoi uccidere un uomo perché ha disonorato la tua donna. Probabilmente ora verrò cacciata dal ritiro letterario. E poi, forse non importa nemmeno se sono brava o no a scrivere, dato che nessuno vuole leggere il libro che ho scritto. Sembra che Hugh pensi che...»

«Non me ne frega niente di quello che pensa Hugh. Perché vuoi perdere tempo a stare una settimana nella stessa stanza di un uomo del genere?»

«Perché per me essere una scrittrice è più importante delle sue parole offensive» urlai.

Heathcliff barcollò all'indietro, come se gli avessi dato uno schiaffo. «Mina...»

Il mio nome risuonava stridulo sulle sue labbra.

«Ora non riesco nemmeno a parlarti.» Mi voltai di scatto e salii a fatica le scale verso la nostra stanza, allontanandomi dall'ira di Heathcliff Earnshaw, per quanto buone potessero essere le sue intenzioni.

12

Ero sdraiata sul letto, a ripensare all'orribile fine del laboratorio del mattino e al mio sfogo rabbioso contro Heathcliff, quando la porta della suite si aprì di botto.

«Sono venuto il più in fretta possibile.» Morrie si tuffò sul letto accanto a me. Era nudo dalla vita in su e sul petto aveva un sacco di cristalli appuntiti. Aveva il viso ricoperto da una sostanza appiccicosa che sapeva di torta al limone. «Cosa c'è che non va, bellezza?»

«Come facevi a sapere che ero...» Ma poi vidi la forma scura che occupava lo spazio della porta.

«Gli ho mandato un messaggio» borbottò Heathcliff. «Persino io uso il cellulare, in caso di emergenza.»

«Ero nel bel mezzo del mio trattamento rigenerativo con i cristalli, che onestamente mi è sembrato un po' una fregatura.» Morrie si tolse i cristalli dai pettorali e li lasciò cadere sul comodino. «Perché dovrei aver bisogno di queste baggianate, quando sono perfetto così come sono?»

Risi, perché era troppo buffo, ma sentii raddoppiare il groppo che avevo in gola. Distolsi lo sguardo, pericolosamente vicina alle lacrime.

Morrie mi strinse tra le sue braccia toniche e mi tirò a sé. Appoggiai la testa contro il suo petto, respirando gli oli profumati che gli erano stati strofinati sulla pelle. «Dimmi cosa è successo e deciderò io la punizione migliore per Heathcliff.»

«Non è stata colpa sua» gli spiegai. «Beh, voglio dire, in parte sì. Ha attaccato Hugh Briston davanti a tutti. Ma stava solo prendendo le mie difese. Hugh... beh, non ha accolto la richiesta di accessibilità che avevo fatto e ha detto...»

Mi interruppi. Non volevo ripetere ciò che aveva detto Hugh.

Tap-tap-tap. La pioggia batteva contro le finestre. Il temporale incombeva.

«Non crederesti mai a quello che le ha detto quell'uomo malvagio» ringhiò Heathcliff. Raccolse uno a uno i soprammobili che stavano sopra il caminetto e li scagliò tra le fiamme. «Sappiamo tutti che Mina è una brava scrittrice. E lui ha avuto il *coraggio* di dire cose orribili su di lei davanti a tutti.»

«Come ha sottolineato Mina, è proprio questo lo scopo di un gruppo di critica» ribatté Morrie. «Sei sicuro che non stai esagerando...»

«Ha definito il suo libro "mummy porn" e ha detto che Quoth non c'entrava niente con la storia.»

«Ah, davvero?» Morrie si alzò di scatto e si sfregò le mani tutto felice. «Perché non l'hai detto subito? Sarà meglio che ci diamo da fare. Ho visto un'armeria piuttosto ben fornita di fianco alla sala di meditazione, ma potrebbe volerci un po' di tempo per trovare una spada abbastanza lunga che gli arrivi fino allo sfintere...»

Tap-tap-tap-tap-TAP-TAP.

«Cra!»

Quella non è pioggia.

«Quoth è lì fuori!» gridai.

«Lo spero proprio. Ho mandato un messaggio anche a lui.» Heathcliff si avvicinò a grandi passi alla finestra e la spalancò. Entrò una gran folata di vento, seguita da un enorme uccello nero che finì a terra, rotolando, sul pavimento di pietra. L'uccello si alzò e si scrollò la pioggia dalle piume; lanciò un'occhiataccia a Heathcliff e iniziò a saltellare all'impazzata. Provò a gracchiare, ma aveva nel becco qualcosa di lungo e sottile. Morrie si chinò, prese l'oggetto e se lo mise in tasca, e Quoth saltellò fino da Heathcliff per urlargli in faccia.

Non posso credere che mi abbiate lasciato lì! Dopo tutto quello che ho passato per prenderlo. C'è un tempo pessimo e ho lasciato tutti i miei vestiti in un bagno minuscolo della galleria d'arte, nel bel mezzo della parte più delicata del processo di...

«Calmati, uccellino. Mina ha bisogno di te.»

Piume nere volarono in tutte le direzioni. Un attimo dopo, Quoth si sedette sull'altro lato del letto, e cominciò a massaggiarmi la schiena mentre Morrie mi teneva tra le braccia. «Mina, cos'è successo?»

«Te lo dico io cosa è successo» sbottò Heathcliff, prendendo a calci la montagna di vestiti e scarpe che Morrie aveva ammucchiato in un angolo della stanza. «È successo Hugh Briston, ecco cosa è successo. Ma lo *prenderò*. Userò la Convenzione di Ginevra come lista per spuntare quello che gli voglio fare. Aspetterò che Jonathan sia girato dall'altra parte e poi riempirò ogni buco del corpo di Briston con formaggi di tutti i tipi e userò le sue ossa pelviche come cracker di accompagnamento per un delizioso tagliere di salumi e formaggi.»

«E le dita dei piedi le usi come olive?» intervenne Quoth.

«Sì. E con il pancreas ci faccio un bel pâté...»

«No, no, ma che sciocchi» disse Morrie. «Uno come Hugh Briston non si vince a suon di cannibalismo. Lo si rovina con il *cervello*. Con quello che Mina ha sentito stamattina, abbiamo già tutto quello che ci serve per rovinarlo...»

«Bene.» Heathcliff iniziò a scagliare i cristalli di Morrie nel camino. «Diremo ai media che si approfitta di giovani autrici suggestionabili e che pianifica i contratti già prima dei suoi ritiri per scrittori. Il mondo dell'editoria sarà entusiasta dello scandalo e...»

«Fermi!»

Si bloccarono tutti e tre, nel bel mezzo di quel folle complotto. Quoth trasalì.

«Per quanto apprezzi i vostri sentimenti dietro tutto questo, ho qualche problema. Prima di tutto, non sappiamo se si stesse approfittando di Christina» dissi, contando sulla punta delle dita. «A me lei sembra una persona che sa *esattamente* quello che fa con Hugh. E se Killian non è al corrente della loro relazione, non sono affari nostri.

«In secondo luogo, nessuno sta uccidendo nessuno e non potete andare in giro a dire cose del genere. Charlie sarà anche un sempliciotto, ma ha ragione: quello che hai fatto tu è a tutti gli effetti un'aggressione e se la polizia fosse riuscita ad arrivare qui nonostante il temporale, probabilmente si sarebbero già messi al lavoro. Hugh è un uomo importante e se voglio diventare una scrittrice, lui sarà parte di quel mondo, che a me piaccia o no. Se non apprezza i miei libri, bene. Gli è concesso. Non a tutti piacciono le stesse cose.»

«Però ti ha fatta arrabbiare.»

«Vero. Fa male sentire stroncare qualcosa su cui hai lavorato tanto.» Mi strinsi nelle spalle. «Soprattutto se gran parte della storia riguarda la mia vita, le mie lotte e il mio amore per voi tre. Ma è un libro insolito, e se voglio essere un'autrice pubblicata devo accettare che critici e recensori ne parlino male. A volte potrei perfino essere d'accordo con loro.»

«Ma cosa intendevi quando hai detto che diventare una

scrittrice è più importante del modo in cui ti tratta Hugh?» chiese Heathcliff.

Nascosi il viso mentre mi tornava quel nodo alla gola. «Non dicevo sul serio. Ero sconvolta.»

Ma riuscii a malapena a pronunciare quelle parole senza che mi tremasse la voce.

Quoth si sedette accanto a me e mi prese tra le braccia. «Io ti capisco.»

Heathcliff e Morrie tacquero. Un attimo dopo, Morrie disse: «Dovremmo lasciare Mina e l'uccellino da soli.»

Si voltarono e se ne andarono, chiudendo piano la porta dietro di loro. Quoth mi strinse. Aveva la pelle che sapeva di fuoco e fuliggine. Evidentemente nello studio d'arte c'era un camino.

«Non devi tornare alla lezione?» gli chiesi.

«Può aspettare. Stavi dicendo che diventare una scrittrice è importante per te, e che sei determinata a sopportare gli abusi di Hugh?»

«Io ho sempre voluto essere solo una stilista.» Tirai su con il naso. «Pensavo fosse quello, il mio destino. E se davvero lo pensassi ancora, mi impegnerei in quel senso, anche se sono cieca. Ma ormai ho metabolizzato la decisione di lasciarmi alle spalle quella parte della mia vita, a parte qualche occasionale incursione nella progettazione di costumi shakespeariani per eventi in paese.»

Quoth annuì, e i suoi capelli di ossidiana mi ricaddero su una spalla mentre mi stringeva più forte.

«Quando ho iniziato a scrivere il libro, mi è tornato in mente tutto, sai? La pura *gioia* di creare, di prendere in mano le mie idee e di realizzare qualcosa che potesse piacere ad altre persone. Penso... penso che questo sia ciò che sono destinata a fare nella vita. I libri sono sempre stati importanti per me. Erano un luogo in cui potevo fuggire quando il mondo diventava difficile, e credo di essere destinata a scrivere storie così, per gli altri. Voglio creare mondi per persone come me, per chi si sente un po' perso, mondi che siano un luogo in cui fuggire per un po' e poi tornare, sentendosi fiduciosi e forti, come se quella magia potesse essere reale.»

«La magia *è* reale, soprattutto la tua, Mina.» Quoth mi baciò le dita. «E non sto parlando solo delle acque del Meles. Credo che tu abbia trovato la cosa che sei destinata a fare nella tua vita. La tua storia è bellissima, e quando la gente la leggerà troverà speranza in luoghi oscuri, proprio come tu hai dato speranza a me, nella mia oscurità.»

«Oh, Quoth.» Lo strinsi a me. «Non posso prendermi il merito di tutto questo. Sei *tu* che hai salvato me.»

«Ricordi quando tenevo nascoste le mie tele in camera mia? Heathcliff e Morrie dicevano che erano troppo morbose e che non sarebbero mai piaciute a nessuno. Io credevo a quello che mi dicevano: non pensavo ci fosse un posto per me, nel mondo. Ma poi tu hai portato un mio quadro al piano di sotto e l'hai messo in mostra, e Jo l'ha comprato. Una *persona vera* l'ha comprato. Non credo di essere mai stato tanto felice come in quel momento.»

Mi si riempirono di nuovo gli occhi di lacrime, ma questa volta erano lacrime di gioia. Le opere d'arte di Quoth erano profondamente intime, un modo per rifugiarsi dentro se stesso ed evitare il mondo esterno, nel quale non sempre si trovava bene. L'avevo spinto a condividere la sua arte con il mondo perché sapevo che non erano solo i corvi mutaforma usciti da un poema gotico a sentirsi fuori posto.

Sapere che avevo fatto la cosa giusta...

Era davvero molto importante.

«È quello che ho provato io quando ho ricevuto la lettera di accettazione per il ritiro letterario alla Meddleworth» dissi tra un sospiro e l'altro. «Credevo di avere trovato il mio posto nel mondo. Ma si è scoperto che era una bugia. Sono qui perché la mia presenza permette agli organizzatori di mettere la spunta a una casella, non perché sono brava.»

«Ma tu sei brava, e non lo dico solo perché ti amo. Lo dico perché mi fai sentire meno solo. Se riesci a far sentire così chiunque legga il tuo lavoro, allora è questo che conta. Non quello che dicono gli idioti come Hugh Briston. Se lo vuoi con tutte le tue forze, Mina, troverai il modo. Tu ci riesci sempre.»

Quoth mi prese il viso e si avvicinò, reclamando le mie labbra. Mi diede un bacio tenero, attento, assicurandosi che fosse quello di cui avevo bisogno.

E lo fu sicuramente, sicuramente.

Ci rotolammo sul letto e me lo tirai sopra. Lui si appoggiò sui gomiti mentre mi baciava, con le dita che mi accarezzavano dolcemente i capelli e le guance.

Ricordo che quando riuscivo a vederci abbastanza bene da cogliere le emozioni negli occhi delle persone, mi accorgevo che Quoth mi guardava come se non riuscisse a credere che fossi reale, come se fosse l'uomo più fortunato del mondo ogni volta che gli stavo vicino. Non potevo fare a meno di quel brivido che mi proveniva dal sentirmi venerata. E quale ragazza non avrebbe detto lo stesso?

Ora non riuscivo a distinguere i dettagli dei suoi occhi scuri e accesi, se non un puntino di luce molto sfocato, ma solo quando c'era l'illuminazione giusta. Però non avevo bisogno di vedere i suoi occhi per sapere cosa stesse pensando. Sentivo la sua adorazione nel modo in cui si muoveva insieme a me, nella carezza delle sue dita, nel modo in cui la sua bocca vagava sul mio corpo, producendo una danza calda in tutti i punti oscuri e nascosti dentro di me, nelle ombre tra le mie ossa.

Sollevai le braccia e Quoth mi sfilò la sottoveste vintage. Quando la sua mano mi prese un seno, lui emise un gemito e inclinò la testa. I suoi capelli si aprirono a ventaglio sulla mia pelle e mi mancò il respiro quando la sua lingua mi percorse la curva del seno. I suoi occhi si sollevarono verso i miei mentre mi prendeva in bocca il capezzolo, e quelle piccole fiamme all'interno delle sue iridi bruciarono con tutta la venerazione che aveva per me.

Scommetto che gli altri scrittori non si stanno godendo così tanto il pomeriggio.

Beh, forse Christina sì...

Inarcai la schiena, sollevandomi verso di lui per implorarlo ancora. Lui mormorò il mio nome e si abbassò lungo il letto per sfilarmi i pantaloni fino alle ginocchia. Le nostre bocche si scontrarono di nuovo mentre con le sue lunghe dita da artista mi accarezzava l'interno della coscia. Allargai le gambe e lui mi infilò un dito nelle mutandine di cotone prima di sfilarle.

Si alzò a sedere e mi tolse la biancheria, che gettò nel mucchio dei vestiti nell'angolo. La sua bocca si tese nel suo bellissimo sorriso. «Sei così bella» sussurrò. «Dentro e fuori.»

Il groppo che sentivo in gola cresceva e si faceva sempre più caldo. Avrei voluto dire qualcosa, ma Quoth strinse la presa sui miei fianchi e si chinò tra le mie cosce. Il mio respiro si fece affannoso, il calore della sua lingua che mi scioglieva.

Gemeva mentre mi divorava: mi sembrava un uomo che, perso nel deserto, si fosse trovato all'improvviso in un pub. Muovevo il bacino per assecondare la pressione della sua lingua e lui emise un gemito. Le sue dita che mi danzavano sul ventre si distesero per bloccarmi mentre con la lingua faceva cose incredibili che disfacevano tutti i nodi che mi sentivo dentro.

Gli infilai le mani tra i capelli, sentendo le sue ciocche setose che mi scorrevano tra le dita come acqua, troppo bello per essere vero. La lingua di Quoth che faceva la sua magia oscura mi riportò alla mente un verso di Poe.

Ma se la speranza se n'è andata

In una notte o in una giornata,
In una visione o in nessuna,
È forse svanita di meno?
Tutto ciò che vediamo o ciò che appare
Non è che un sogno dentro un sogno...

Quoth era il mio sogno nel sogno: un essere dalla magia così fragile che il semplice atto di toccarlo avrebbe potuto ridurlo in polvere tra le mie braccia. I suoi capelli mi accarezzavano il ventre e avrei giurato che la sua lingua fosse fatta di polvere fatata, per il modo in cui...

Mi stava adorando, con colpi lenti e decisi. Sentii crescere la pressione dentro, finché non fui una massa tremante sotto di lui. Le mie mani erano avvinghiate ai suoi capelli. Mi faceva male. Poi mi afferrò il sedere, inclinandomi verso l'alto per divorarmi, più a fondo, più affamato. Scrisse sulla mia pelle il suo sortilegio e io... non potei fare altro che gridare e tuffarmi a capofitto in quell'incantesimo.

In quel momento divenni un essere di pura estasi e, mentre la magia arrivava al culmine e poi si affievoliva, abbracciai Quoth, stringendo la sua guancia al mio petto, assaporando i suoi muscoli sodi, la seta dei suoi capelli, *l'essenza* stessa di Quoth.

«Mi dispiace che tu stia perdendo la lezione» mormorai, afferrandolo sotto le braccia mentre strisciava sul mio corpo in modo che le nostre bocche si incontrassero di nuovo.

«Non è un problema. Il pomeriggio era libero perché lavorassimo ai nostri progetti e lo studio è aperto fino a tardi, quindi ci tornerò questa sera. Questo è molto più importante. E divertente.»

Sentii crescere di nuovo il dolore che mi aveva placato dentro, trasformato in una tempesta vorticosa che pretendeva un'offerta. Schiusi le gambe, e Quoth si accomodò con il bacino tra di esse. Gli tracciai con le dita i meravigliosi tatuaggi che scendevano come una cascata sulle sue braccia. Per me non erano più immagini, ma schizzi di colore che mi deliziavano gli occhi.

Gli passai le mani sul corpo, cogliendone ogni linea netta e ogni curva decisa, e speravo di poter memorizzare le sensazioni tattili nello stesso modo in cui avevo potuto archiviare quelle visive. Volevo poter attingere a quel momento ogni volta in cui, in futuro, mi sarei sentita fuori posto.

Mi scivolò dentro, lento e premuroso. I nostri corpi si unirono alla perfezione. Quando si spinse un po' più in profondità, vidi danzare davanti agli occhi nastri colorati e sfavillanti, che facevano diventare oscurità tutto ciò che ci circondava: quello era un aspetto della mia malattia che prima mi spaventava, ma che ora era solo una bellissima parte di me.

Il mondo intorno a noi si ammorbidì e si oscurò, avvolgendoci nel momento presente.

«Sembri seta» mi sussurrò Quoth, mentre mi baciava il collo e si spingeva in profondità. Il mio corpo luccicava come un fuoco d'artificio sotto il suo tocco, sotto il suo... *tutto*.

Poi lui si tirò indietro, sempre ben fermo dentro di me, si inginocchiò, e mi strinse a sé. Mi afferrò una caviglia e si mise la mia gamba sulla spalla. Poi fece la stessa cosa con l'altra gamba. Si chinò in avanti e si spinse ancora più a fondo, spezzandomi il fiato.

Aveva cambiato angolazione. Spingeva con forza e, con le mie gambe sulle spalle, avevo il suo pube che mi sfregava contro il clitoride. Le mie dita stringevano le lenzuola mentre a ogni spinta il piacere cresceva dentro di me.

Non ricordavo di aver mai provato quella posizione prima, ma diamine, era la mia nuova posizione preferita.

Mi appoggiai al letto, con le gambe che gli stringevano le spalle a ogni sua spinta, per aumentare la frizione addosso a lui.

Lo volevo ancora più in profondità, così da non poter capire dove finisse lui e iniziassi io.

E mentre mi portava ancora una volta al centro di quella tempesta, io lo tenevo stretto e sapevo, nel profondo del cuore, che qualsiasi cosa fosse accaduta con i miei scritti, per quell'uomo sarei sempre stata una dea, e tanto mi bastava.

13

Quoth rimase con me nella suite tutto il pomeriggio. Ordinammo il servizio in camera e io lessi il manoscritto di Donna. Era un'interessante storia della dimora, ma conteneva alcuni bizzarri errori di ortografia, come la parola *pirla* quando voleva dire *perla*, il che mi suscitò non poche risate. C'era qualcosa di familiare in quegli errori, ma non riuscivo a capire cosa. Le scrissi alcuni commenti.

Dopo di che, mi misi al lavoro sul compito di scrittura che Hugh ci aveva assegnato: scrivere il primo capitolo di un giallo in cui le paranoie di qualcuno fossero giustificate. Quoth ricevette una telefonata da Morrie e si ritirò in bagno a parlare piano, e immaginai che fosse perché doveva rassicurare gli altri due sul fatto che mi aveva fatto tornare il sorriso a forza di scoparmi.

Poi si sistemò di nuovo sul letto, a scarabocchiare nel suo quaderno di schizzi, mentre io leggevo e scrivevo, e mi aiutò a sistemare il pezzo finché non lo reputai abbastanza decente da poterlo condividere con gli altri.

Alle sei del pomeriggio, Heathcliff e Morrie tornarono con

Oscar che aveva fatto un bel po' di movimento, e un vassoio di cibo dalla cucina. «Abbiamo pensato che non avresti voluto mangiare al ristorante con gli altri» mi spiegò Heathcliff. «Abbiamo pensato che magari potevamo andare a letto presto, mentre Quoth andava allo studio di pittura, e tu avresti potuto scegliere un film terribile e... ehi, cosa stai facendo?»

Tirai fuori un abito aderente di lana, di un colore rosso intenso che mi piaceva molto. «Secondo te? Mi sto vestendo per la sessione serale di critica.»

«Ma pensavo che non l'avresti più rivisto, quell'uomo.»

«No, *tu* hai detto che non l'avrei più rivisto.» Sollevai il capo e mi misi le mani dietro la schiena così che nessuno si accorgesse che tremavano. Oscar salì sul letto e mi accarezzò con il muso. «Ho pagato per questo corso. E ho intenzione di imparare tutto quello che posso, anche se Hugh è una persona terribile. A proposito di Hugh, non è che abbia detto a Charlie di rinchiuderti in uno sgabuzzino in attesa dell'arresto?»

«Donna ha rimproverato severamente Heathcliff e ora per il resto del soggiorno non potrà stare nella stessa stanza di Hugh Briston, ma è tutto risolto» spiegò Morrie mentre spiluccava l'arrosto di agnello. «Donna è stata piuttosto severa. Scommetto che saprebbe brandire un frustino con precisione e crudeltà.»

«Non credo che dovresti andare a quella cosa, stasera» commentò Heathcliff con un cenno del capo verso la finestra, i cui vetri scuotevano per il vento e la pioggia. «Non nel bel mezzo di un pericoloso temporale.»

«Ma il temporale è fuori.»

«Non si sa mai. Zeus potrebbe lanciare un fulmine attraverso la finestra per fare friggere Hugh e farti saltare via le sopracciglia.»

«Bene.» Lo guardai e aggrottai la fronte. «Così non dovrei più farmi la ceretta.»

Heathcliff si abbandonò sulla poltrona accanto al fuoco. «Con te non si può ragionare. D'accordo. Vai pure a farti crocifiggere. Io me ne sto qui a deprimermi fino al tuo ritorno.»

Quoth si alzò dal letto e si avvicinò al cibo che avevano preparato. «Sembra tutto fantastico. Dovrò mangiare in fretta. Voglio tornare allo studio.»

Morrie gli passò accanto per fiondarsi sull'ultimo Yorkshire pudding ripieno. «Divertiti, uccellino. Io torno al centro benessere per il mio trattamento viso ai LED.»

«Visto? Abbiamo tutti in programma qualcosa di emozionante per la serata.» Sorrisi, infilzai un cavoletto di Bruxelles e me lo misi in bocca. «Ah, a proposito, cos'era quell'oggetto che hai dato a Morrie?»

«Quale oggetto?» Quoth si scostò dalle spalle una ciocca di capelli.

«Quando sei entrato dalla finestra prima, avevi qualcosa in bocca. Forse un oggetto metallico?»

«Ah, quello. Gli uccelli mi hanno restituito il cinturino dell'orologio di Morrie. A quanto pare, non era abbastanza scintillante e non ha suscitato il loro interesse.» Quoth mi accarezzò una guancia con il naso. «Smettila di preoccuparti delle mie sciocchezze e mangia. Non vorrai fare tardi.»

«Sei sicura di non volermi con te?» chiese Quoth quaranta minuti dopo, mentre scendevamo le scale. «Sentire fare a pezzi il proprio lavoro può dare piuttosto fastidio. Alla scuola d'arte ho assistito a delle sessioni di gruppo terribili.»

«Va tutto bene.» Gli feci un ampio sorriso. «Se voglio

pubblicare i miei libri, devo abituarmi alle recensioni e alle critiche. E sono contenta di quello che ho scritto oggi.»

Avevo lo stomaco che mi si contorceva. Stavo mentendo a me stessa. Non avevo molta voglia di tornare in quella stanza con il lavoro della giornata e ascoltare tutti che lo stroncavano. Ma essere criticati era il modo in cui un artista imparava a migliorare. Avevo dato ad alcune persone il mio manoscritto da leggere: a Heathcliff, Quoth e Morrie, naturalmente. Anche alla signora Ellis. A Jo. A Grimalkin. Era piaciuto a tutti, tranne a Grimalkin, che aveva dichiarato che la madre del più famoso poeta mai esistito non si sarebbe abbassata a leggere nulla, a meno che non fosse stato scritto in greco omerico, e poi ci aveva vomitato sopra una palla di pelo.

Però non era la stessa cosa che ricevere un feedback da scrittori veri. Comunque, non mi sarei fatta impressionare da Hugh o Charlie. Avevo deciso che, una volta terminato il corso, avrei presentato un reclamo formale alla Red Herring Press: anche se Hugh era bravo a individuare un buon thriller, non avrebbe assolutamente dovuto comportarsi in quel modo. Certo, l'avrei fatto di sicuro.

«Noi crediamo in te.» Quoth mi baciò la testa. «Se hai bisogno di me, sono nello studio di disegno. Mandami un messaggio e arriverò di corsa.»

«E io chiudo Heathcliff nella sala di meditazione» mi tranquillizzò Morrie, trascinando Heathcliff verso il centro benessere. «Questa sera non si avvicinerà alla biblioteca.»

«Bene. Grazie.»

Mi strinsi al petto le copie del nuovo capitolo e dissi a Oscar di portarmi dall'altra parte, verso la biblioteca. A metà strada, mi fermai accanto a una delle finestre gotiche ad arco per scrutare la tenuta proprio nell'istante in cui il cielo veniva solcato da un fulmine che illuminò i giardini pieni di fango.

Pioveva a catinelle e gli alberi ben curati si piegavano così tanto per il vento che sembravano spezzarsi in due.

Un altro fulmine, e vidi un enorme uccello nero passare davanti alla finestra. Dato che gli altri corvi erano rinchiusi nella voliera, immaginai fosse Quoth. E aveva un oggetto nel becco. Mi chiesi se stesse portando ai suoi amici pennuti un altro pezzo della preziosa collezione di orologi di Morrie.

Sii prudente là fuori, uccellino.

Era davvero un temporale terribile. Anche se non stimavo né Hugh né gli altri scrittori, con quel tempaccio mi piaceva stare lì, dentro quell'antico castello. Mi sentivo al sicuro, protetta dalle vecchie mura di pietra e con fuochi confortevoli in ogni stanza.

Quando arrivai la porta della biblioteca era chiusa a chiave. Bussai. «Sì? stiamo ancora facendo il...»

La porta si aprì di scatto e Donna si affacciò alla soglia. «Ah, Mina, bene. Non sapevamo se saresti venuta. Durante le sessioni di critica tengo la porta chiusa, per evitare qualsiasi... disturbo.»

«È assolutamente giusto. Mi dispiace molto per il comportamento di Heathcliff. È stato del tutto fuori luogo.»

«Ma ti prego! A me piacerebbe avere un eroe come lui, possente e dalla pelle ambrata, che difende il mio onore! Inoltre, non è per niente la cosa più assurda che sia mai accaduta qui alla Meddleworth» disse Donna in tono affabile. «Chiedi a Jonathan, ti racconterà lui qualche storiella. La sua conoscenza di questo posto è stata preziosa per il mio libro. Devo dire che tu e i tuoi compagni potreste meritare una menzione. Prima sono andata a cercare Heathcliff per parlargli del suo comportamento, ma una delle mie collaboratrici mi ha detto di averli trovati tutti e tre rannicchiati sotto una pila di asciugamani nell'armadio della lavanderia, che confabulavano in gran segreto.»

«Davvero?» Strano. Pensavo che Heathcliff avesse detto di aver mandato un messaggio a Morrie e Quoth, mentre Donna mi stava dicendo che erano stati trovati insieme. Strano.

«Sì. E quando li ho cacciati via avevano un'aria piuttosto colpevole. Per fortuna Heathcliff l'ha presa piuttosto bene, tutto sommato.» Donna si fece da parte. «Comunque sia, lasciamoci tutto alle spalle e godiamoci la serata.»

Un po' confusa per la strana storia che mi aveva raccontato, la seguii verso l'interno, condotta da Oscar. Nella biblioteca le luci erano soffuse, con solo un paio di fioche lampade vicino al fuoco. Le vivaci fiamme nel caminetto saltavano e danzavano, proiettando ombre sinistre alle pareti. Fui attratta all'istante dal fuoco. I miei occhi amavano quella luce vivace e il mio corpo bramava il calore invadente di un camino nel bel mezzo di un temporale.

Mi sedetti allo stesso posto di prima, sul divano accanto a Christina. Mi girai per individuare il profilo delle persone che erano toccate dalla luce. Erano tutti negli stessi posti di prima.

Nessuno parlava.

Si sentì un forte bussare alla porta. Diana si alzò e fece entrare qualcuno. Hugh attraversò la stanza a grandi passi, proprio nell'istante in cui un tuono risuonò tra le mura del vecchio castello. «Donna, credo sia meglio chiamare la polizia. Tra di noi c'è un ladro.»

Donna balzò in piedi, preoccupata. «Di cosa stai parlando, Hugh? Ti hanno rubato qualcosa?»

«Proprio così.» Hugh sbatté il pugno sul tavolino accanto alla sedia. «Alla lezione di stamattina avevo con me la mia penna portafortuna e, dopo che quel bruto mi ha attaccato, è scomparsa. Qualcuno in questa stanza l'ha rubata.»

«Buono, buono. Sono sicura che è solo caduta a terra durante la colluttazione.» Donna schioccò le dita. «Dirò a Jonathan di cercarla dopo che avremo finito la nostra sessione di critica. Nel frattempo, ti do un'altra penna. Ne abbiamo centinaia nell'armadio delle scorte.»

Andò a prendergliene una e Hugh si accasciò sulla sedia. «Non posso credere che mi si chieda di lavorare in queste condizioni...» borbottò. «Prima vengo aggredito da un pazzo psicopatico, e ora sono bloccato in questo vecchio castello malconcio durante un tremendo temporale, con un ladro malefico che ha rubato... ehi, e questa che ci fa qui?»

Sollevò un oggetto. Brillava alla luce del fuoco.

«Ma Hugh, credo che quella sia la tua penna.» Vivianne sorrise compiaciuta. «Non è esattamente dove l'hai lasciata tu? Forse ti stai rimbambendo, con la vecchiaia.»

«Non sono rimbambito. Questa penna non era qui, prima. E non era nemmeno sotto le sedie o nascosta dietro l'attizzatoio. Ho controllato *a fondo* ogni angolo della stanza. Qualcuno l'ha nascosta e poi l'ha rimessa al suo posto: uno scherzo davvero infantile. Non va per niente bene.» Hugh si rivolse a Donna, che era appena rientrata e stava richiudendo la porta a chiave dietro di sé. «Se questo genere di assurdità continua, l'anno prossimo sposterò il ritiro letterario in una location diversa.»

«Ti prego, non farlo, Hugh.» La voce di Donna si alzò di un'ottava. «Questo posto non sarebbe lo stesso senza il tuo contributo.»

«Se volete continuare a fare soldi grazie alla mia presenza, allora dovete trattarmi con rispetto e punire chiunque mi abbia rubato la penna. Spero che abbiate tutti delle pagine su cui lavorare» disse Hugh. «Altrimenti, sarò più che felice di tornare al salone del bar.»

A giudicare dal modo in cui biascicava leggermente, vi aveva già trascorso parecchio tempo.

«Inizio io.» Vivianne si alzò. Indossava un altro abito lungo e ampio, e fece il giro intorno a Hugh, come per mettersi davanti al fuoco. Ma all'ultimo momento gli si buttò in grembo.

«Lasciami stare, donna!» Hugh cercò di spingerla via, ma Vivianne resistette.

«E dai, piccolo Hughey, ti piaceva quando facevo così.» Sollevò le pagine. «Vuoi che diletti tutti i presenti con una storia di vero amore... e di vendetta?»

Vivianne iniziò a leggere. Raccontò la storia della moglie di un marito donnaiolo con un testicolo deforme. La moglie meditava vendetta. Era strano, perché la storia aveva uno stile completamente diverso dal noiosissimo giallo che aveva presentato per l'ammissione, dove la sua investigatrice era una donna. Anzi, quella era una storia addirittura brillante.

Mentre leggeva, Hugh Briston si contorceva sulla sedia. Persino io vedevo che era a disagio e disturbato da ciò che Vivianne stava leggendo.

«Non ti piace, caro?» Vivianne si schiarì la gola in modo deciso. «È il primo capitolo del mio nuovissimo romanzo. È un libro che terrà catturerà i lettori. Continuo?»

«Non puoi...»

«Sì, grazie» mi intromisi io.

Vivianne continuò a leggere e descrisse un piano di vendetta che prevedeva l'omicidio di ciascuna delle amanti del marito. La storia era raccontata su due piani diversi: uno che descriveva i complotti della moglie, e l'altro incentrato sulla polizia che metteva insieme gli indizi per incriminare il marito.

Ebbi la netta sensazione che fosse, almeno in parte, autobiografico.

Forse faceva parte della sua vendetta? E Hugh non sembrava apprezzare.

Quando Vivianne interruppe la lettura, Charlie e Christina espressero alcune critiche. Stranamente, Hugh rimase muto.

«Tocca a me.» Christina si mise davanti al camino, accanto a Hugh. Gli lanciò un'occhiata e poi, con voce chiara e musicale, iniziò a leggere il suo pezzo.

Era splendido. Sul serio. Con poche parole, Christina era riuscita a tessere l'atmosfera spettrale di una dimora signorile in rovina, e di una madre con un figlio piccolo, che lottava per trovare il proprio posto nel mondo, mentre un'ombra sinistra si aggirava nei paraggi. Sarà stato l'impatto della tempesta che infuriava, e del fuoco che ardeva, ma mi sentii catturata dalla sua storia.

Quando finì, applaudii.

«È bellissima» dissi. «Riesci a fare davvero tanto, con così poche parole. È un vero dono. Penso che potresti ampliare il punto di vista del ragazzo e magari trovare un modo per ringiovanire la sua voce. Dopotutto, non è legato alla dimora come lo è la madre. Per lui avere a disposizione quello spazio potrebbe essere entusiasmante... pensa a tutti i giochi che potrebbe creare...»

«A me è sembrato ben scritto» borbottò Charlie. Mi ricordai che stava ascoltando il lavoro della donna che avrebbe dovuto riscrivere il suo poliziesco per immetterlo sul mercato. Doveva essere imbarazzante.

«Molto più che "ben scritto".» Vivianne aveva intuito un punto debole e ne approfittò per affondare. «Siamo davanti a una scrittura da premio. Peccato che Christina andrà sprecata nella casa editrice del qui presente Hugh, il quale le farà scrivere libri per incapaci scrittori maschi come te e la metterà a succhiargli il cazzo sotto la scrivania. Non è vero, Hugh?»

«Vivianne, chiudi il becco» sbottò Hugh, ma le sue parole non avevano il solito veleno. Qualunque messaggio segreto Vivianne avesse trasmesso nel suo scritto, lui lo aveva colto.

«Non è affatto vero.» Christina si guardò intorno. «Tanto vale che tu glielo dica, Hugh. Non ha senso tenerlo nascosto fino alla fine.»

«Dire cosa?» chiese Donna.

«Hugh mi ha già promesso un contratto con la sua casa

editrice» spiegò Christina raggiante. «Stamattina mi ha detto che pubblicherà il mio libro. Vero, Hugh?»

«Davvero?» Killian lanciò un'occhiata sorpresa a Christina. «E io dov'ero? Dovrei essere presente per le trattative contrattuali.»

«Non è vero» disse Charlie, con una voce appena udibile per il vento che soffiava fuori. «Il contratto lo ha promesso a *me*. Magari tu mi aiuterai con un po' di ortografia e grammatica, ma sulla prima di copertina il nome sarà il mio.»

«Oh, farà molto di più» aggiunse Vivianne con un sorrisetto. «Hugh le farà riscrivere tutto. Abbiamo letto tutti il tuo manoscritto, Charlie. È talmente pieno di dettagli noiosi su come funziona la polizia nella realtà e sul cliché del "bravo poliziotto" alla ricerca di vittime femminili innocenti, che farà addormentare il pubblico. Quando Hugh avrà finito, non ci sarà neanche una parola che proviene dalla tua penna.»

«Ma io non voglio!» urlò Charlie. «Io voglio che tu pubblichi il *mio* libro, quello sul quale ho sputato sangue per gli ultimi dieci anni. Hugh, se non lasci che il mio libro lo scriva io, abbiamo un problema serio.»

«Il mio unico problema» ribatté Hugh, «sei tu che fai tutte queste storie, quando ti sto offrendo un bel po' di soldi e la possibilità di diventare una star. Avresti dovuto mantenere il riserbo sui nostri accordi, in modo che gli altri partecipanti non si lamentassero che stavo facendo dei favoritismi.»

«Peccato che li stia effettivamente facendo» fece notare Vivianne. «L'unica ragione per cui non hai offerto alla piccola e graziosa Mina lo stesso accordo che hai offerto a Christina è che sei terrorizzato dal suo fidanzato grande e grosso. E che dire di Donna? Avrai di certo notato che è attraente, no? In fondo, tette e culo ce li ha, ed è tutto quello che serve perché una donna ti tenti...»

«Ora basta» la rimproverò Donna. «Se proprio vuoi saperlo,

Hugh mi ha detto che vuole pubblicare una storia sul passato della Meddleworth all'interno di una nuova linea di saggistica.»

Fu allora che notai quanto avesse avvicinato la sedia a Hugh. Gli si era praticamente seduta in grembo.

«E io?» intervenne Christina con voce tremante. «E tutte le promesse che mi hai fatto? Avevi detto che sarei diventata la prossima stella della letteratura!»

«Oh, per carità» si schernì Vivianne. «Non sei cambiato per niente, vero, Hughey? Vuoi illuminare tu la ragazza, o devo farlo io?»

«Vivianne, non iniziare...»

«Cara, dolce, *ingenua* Christina, il contratto che hai firmato umiliandoti non è il contratto editoriale a sei cifre che sognavi. Tu hai accettato di diventare una serva a pagamento, come ghostwriter della Red Herring. Scriverai libri per uomini come il nostro Charlie, che, lasciami indovinare, ha già un contratto firmato.»

«Come fai a saperlo?» chiese Charlie.

«Ma... ma...» balbettò Christina, scattando in piedi. «Ma Hugh, *io* ho firmato un contratto per il mio libro. Hai detto che se fossi venuta a letto con te, mi avresti fatta arrivare in cima alla lista dei bestseller.»

«Certo, te l'ho promesso» disse Hugh. «Ma non ho mai detto che ci sarebbe stato il tuo nome in copertina.»

«Ehi, cosa hai detto?» Killian si precipitò dall'altra parte del tavolo. «Hai costretto una giovane donna innocente a venire a letto con te per farle firmare un contratto alle mie spalle? Il suo agente sono io. Devo controllare io ogni contratto. Stai giocando con il fuoco, Briston.»

«Non ci ho messo molto, a convincerla» ribatté Hugh con una risatina forzata. «La tua fidanzatina sembrerà anche timida, ma da quando sono arrivato qui alla tenuta, ha passato tutto il tempo a saltarmi su e giù sull'uccello.»

«Io ti ammazzo!» gridò Killian.

«Non se lo becco prima io!» Charlie si alzò di scatto dalla sedia.

Una forte raffica di vento sbatté contro la casa, facendo vibrare i vetri e scuotendo le lampadine nelle applique antiche.

«Penso davvero che dovreste darvi tutti una calmata...» disse Donna. «Possiamo fare una pausa, magari mangiare qualcosa e tornare quando saremo un po' più...»

Poi urlò e tutte le luci si spensero.

14

Qualcuno gridò per la sorpresa. Un'altra persona urlò di rabbia.

Per me l'effetto fu meno estremo che per gli altri. L'oscurità attenuò alcuni dei contrasti, ma già prima vedevo soprattutto le fiamme luminose, che ora divennero solo più brillanti. Ogni parte della stanza che non veniva illuminata dal fuoco era un'ombra scura e insondabile.

Strinsi più forte l'imbracatura di Oscar, la paura che mi riempiva il petto. Ero ancora nervosa per la discussione e per le minacce che erano volate prima che tutto diventasse buio.

È solo un'interruzione di corrente. Niente di cui preoccuparsi.

Davanti al fuoco si muovevano delle ombre, sagome che si stagliavano contro il muro brillante. Sembrava che tutti si stessero muovendo. Io e Oscar eravamo gli unici a non essere in piedi.

Ah, e anche Hugh. Riuscivo a distinguere chiaramente la sua sagoma ancora seduta. E qualcuno che si chinava su di lui, ma non riuscivo a vedere chi.

«Cosa sta succedendo?» gridò Vivianne.

«Qualcuno ci sta facendo un brutto scherzo» ringhiò Charlie. «Troverò quel maledetto teppistello e...»

«Non è uno scherzo» disse Donna calma. Non riuscivo a capire le posizioni dei presenti. La stanza era così ampia e il vento fuori così spaventoso, che non riuscivo ad associare le voci alle varie ombre.

«Deve essere il temporale» commentò Killian. Pensai che fosse lui la persona che si stava muovendo davanti a me, forse per raggiungere Christina, ma non potevo esserne certa. Anche con il fuoco che scoppiettava intenso, riuscivo a scorgere solo vaghe sagome. «Jonathan l'aveva detto che il temporale poteva diventare così forte da togliere la corrente per un po'. Scommetto che il vecchio è là fuori in questo momento, a mettere in funzione un generatore di riserva e a richiamare il personale della cucina perché ci preparino una bella cioccolata calda.»

«Non ti sbagli. Jonathan è davvero la colonna portante di questo posto. Purtroppo, il generatore è guasto» si lamentò Donna. «Jonathan stava cercando di ripararlo, ma non so se ci è riuscito. Potrebbe volerci un po' prima che torni la corrente.»

«E adesso che facciamo?» chiese Christina tirando su con il naso.

«Killian ha ragione riguardo alla cioccolata calda. Dobbiamo stare comodi e al calduccio. Accenderò il caminetto in tutte le stanze e distribuirò delle candele. In mancanza della corrente, possiamo usare le fiamme dei caminetti per preparare la cioccolata. E magari anche della zuppa. E darò istruzioni al personale di cucina di preparare un buffet freddo nella sala da pranzo» disse Donna. Sentii la sua voce che si affievoliva mentre si avvicinava alla porta. «Abbiamo candele e lampade a olio da distribuire, e borse dell'acqua calda se il riscaldamento non funziona.»

«Sembra fantastico.» Mi alzai, dirigendo Oscar davanti a

me. «Andiamo nella sala da pranzo ad aspettare gli altri ospiti! Se qualcuno di voi vuole prendermi per mano, Oscar ci accompagnerà alla porta evitandoci di andare a sbattere.»

«Ottima idea, Mina.»

L'esile mano di Christina si infilò nella mia e, dopo un po' di movimenti confusi e qualche piagnucolio, tutti gli altri si presero per mano e formarono una catena dietro di noi. Oscar emise un piccolo guaito eccitato. Gli piaceva avere così tante persone che facevano affidamento su di lui. Trotterellò in direzione della porta guidandoci tra i tavoli, i divani Chesterfield e l'imponente mappamondo antico, che rendevano impervio il percorso.

Una volta giunta alla porta tirai la maniglia decorata. Non funzionò. Provai a spingere.

«La porta non si apre» esclamai.

«Ah, certo. L'ho chiusa io a chiave prima, perché l'incontro rimanesse privato.» Sentii frusciare il vestito di Donna mentre armeggiava nelle tasche. «Ho la chiave qui da qualche parte. Ah, eccola. Abbiamo fatto installare queste nuove serrature elettroniche, e basta puntare la chiave verso la serratura per... ehm, non funziona.»

«Un fulmine deve aver danneggiato il sistema di sicurezza» osservai.

«Beh, non è di certo un problema mio.» Era la voce seccata di Charlie. «Come facciamo a uscire da qui?»

«Non lo so» replicò Donna. «Pensavo che avessero una batteria di riserva. C'è un interruttore manuale, ma è sull'esterno della porta.»

«Ma è ridicolo. Non posso credere di essere chiuso a chiave in una stanza con un gruppo di cretini nel bel mezzo di un maledettissimo temporale!» sbottò Charlie.

«E qui dentro non c'è nemmeno una scorta di liquori» si lamentò Killian.

«Usiamo una di quelle grandi statue come fosse un ariete e buttiamo giù la porta» suggerì Charlie. «Lo facevo sempre quando ero un detective...»

«No!» scattò Donna. «Quelle statue hanno un valore inestimabile e la porta è di quercia massiccia. Nessuno riuscirà a passare...»

Fuori scoppiò un tuono, così vicino da far tremare l'intero edificio. Cercai di domare la paura.

Qualcosa sbatté contro la porta. Christina gridò.

«Che cos'è stato?»

«Qualcuno è inciampato in qualcosa?»

Appoggiai l'orecchio contro il legno spesso e ascoltai. Un altro tonfo sordo. Qualcuno stava picchiando alla porta.

Sentii una voce flebile: «Tutto bene lì dentro?». Ero quasi certa che fosse Jonathan, ma si sentiva a malapena, tra il frastuono dei tuoni e quegli scrittori litigiosi.

«Jonathan, sono Mina!» urlai, battendo il pugno sulla porta. «Stiamo tutti bene, ma non c'è corrente e non possiamo aprire la porta.»

«Mina?» La voce di Jonathan tornò a farsi sentire. «...tutto bene... prendo gli attrezzi... allontanati dalla porta...»

I colpi cessarono. Afferrai l'imbracatura di Oscar e lui mi fece spostare da lì, portandomi in fondo alla stanza. Un altro tuono, e la luce dei lampi illuminò le finestre. Avrei voluto disperatamente infilarmi sotto un tavolo, tirarmi la felpa sugli occhi e stringere Oscar tra le braccia.

Vorrei che i ragazzi fossero qui con me.

Pensai a Quoth che poco fa era in giro in volo, con quel tempo. *Spero che stiano bene.*

Un attimo dopo, Jonathan gridò di nuovo qualcosa da oltre la porta, e poi ci fu un rumore di colpi mentre lavorava alla serratura con i suoi attrezzi. Nel frattempo, gli autori colsero l'occasione per riprendere i loro battibecchi.

«Ti farò contattare dai miei avvocati!» urlò Vivianne a Donna. «Questa casa è una trappola mortale. Appena usciamo da qui me ne vado e non tornerò mai più! Tanto ho ottenuto quello per cui ero venuta. La mia vendetta è completa. Ma tu, signorina, quando avrò finito con te, sarai già ridotta all'elemosina!»

«Ti prego, Vivianne» disse Donna, calma nonostante i modi isterici di Vivianne. «Non posso fare nulla per cambiare il meteo. E ho appena finito di rimettere in piedi le finanze di questo posto dopo la morte dei miei genitori. Se ti va di sederti e di rilasciarmi un'intervista senza veli per il mio libro, raccontandomi altri piccoli e interessanti segreti su di Hugh, sarò più che felice di rendere l'occasione vantaggiosa anche per te.»

«Non posso credere che tu sia andata a letto con Hugh!» urlò Killian rivolto a Christina.

«Avevi detto che avrei dovuto accettare qualsiasi cosa, pur di andare avanti» replicò Christina. «E io l'ho fatto. Alla fine ho ottenuto l'accordo, no? Ho firmato il contratto stamattina...»

«Ma non l'hai letto prima di firmarlo, vero?» le chiese Killian con un sogghigno. «Pensavo che gli scrittori dovessero essere anche lettori voraci. Ma tu eri troppo occupata a succhiare il cazzo avvizzito di Hugh per preoccuparti di una cosetta così banale come la lettura del tuo contatto. Chissà che cosa hai firmato.»

«Non avrei mai agito alle tue spalle se tu non fossi stato così prepotente» lo accusò Christina tra i singhiozzi. «Beh, comunque Hugh mi ha ingannata. Ora mi ritroverò a scrivere il poliziesco di Charlie Doyle sulle prostitute, invece di vedere il mio lavoro stampato...»

«Chi ha parlato di prostitute? Io ho detto *procedure*, non prostitute!» sottolineò Charlie stizzito. «Di prostitute ce ne sono, nella mia opera. E hanno un cuore d'oro. Anche se, in effetti, non potrebbero mai avere un distintivo: non hanno la formazione necessaria. Piuttosto, credo che troverai estremamente interessanti i dettagli sulla raccolta di...»

«Argh!» strillò Christina. «Non posso crederci! Non voglio leggere una sola parola di quella schifezza. Killian, tirami fuori da questa situazione.»

«Per quanto mi riguarda, ti sei messa nei guai da sola» ribatté Killian. «E comunque, Hugh Briston mi ha promesso che avrei concluso questo affare. Sarebbe stato il mio biglietto di presentazione per clienti più importanti. Invece mi ha tagliato fuori, e gliela farò pagare.»

«Dov'è Hugh?» chiese Charlie. «Pensavo che fosse qui con noi.»

«È seduto accanto al fuoco. Ne vedo la sagoma.» Killian si allontanò in quella direzione. «Ehi, Hugh. Ho un conto in sospeso con te per la scopata che ti sei fatto con la mia ragazza. Pensavo avessimo un accordo...»

Sentimmo i cardini della porta che scricchiolarono. Con un ultimo, finale colpo, la porta si spalancò e Jonathan irruppe nella stanza, tenendo in mano una torcia accesa.

«State tutti bene qui? Il generatore è andato, quindi temo di non poter ripristinare la corrente, ma abbiamo molte candele e qualche torcia...»

«No» intervenne Killian. «Siamo tutt'altro che a posto.»

«Vero! Siamo molto scontenti del servizio» esclamò Vivianne tirando su con il naso. «Esigo che venga *immediatamente* chiamata una macchina che mi porti il più lontano possibile da qui.»

«E io voglio un drink!» chiese imperioso Charlie.

«Va bene, va bene, manteniamo la calma.» Jonathan passò la torcia tutto intorno, e quando arrivò al mio viso abbassò il fascio di luce. «Venite tutti con me nella sala da pranzo. Tutti gli ospiti stanno convergendo lì. Dov'è Hugh?»

«Era qui con noi, vero?» Donna si guardò intorno. «Hugh?»

«Eccolo. È ancora vicino al fuoco» disse ad alta voce Killian dall'altro lato della stanza.

Jonathan si avvicinò a me. «Hai bisogno di aiuto per raggiungere la sala da pranzo?»

«Niente affatto.» Accarezzai Oscar. «Lui conosce la strada. Seguirò te e gli altri, e se possiamo essere di qualsiasi aiuto, basta che lo facciate sapere a me o ai miei ragazzi.»

«Hugh non verrà con noi» dichiarò Killian con una voce strana e gracchiante.

«E dai, smettila di essere così ridicolo, Hugh» lo schernì Vivianne. «Ora non è il momento di comportarti come se non potessi sopportare di stare nella stessa stanza con me...»

«Non è questo, che intendo.» La voce di Killian si alzò di un tono. «Hugh non può fisicamente seguirci fuori da questa stanza, a meno che qualcuno non gli infili un bastone su per il culo e lo agiti di qua e di là come fosse un lecca-lecca. È morto.»

«Non essere assurdo» esclamò Vivianne. «Avrà trovato una scorta nascosta di whisky e se la sarà scolata mentre noi cercavamo di trovare il modo per uscire di qui.»

Avrei voluto osservare che lei era quella che minacciava che gli avrebbe fatto causa, mentre quelli che cercavano di risolvere i danni del temporale erano stati Donna e Jonathan, ma tenni a freno la lingua.

Perché probabilmente non avevo capito bene quello che aveva detto Killian, giusto?

«Scusa, Killian» esclamai. «Hai detto che Hugh si è svenuto?»

«No, ho detto che è *morto*. È... è proprio qui, sulla sedia accanto al fuoco. E non si muove.»

15

Dissi a Oscar di seguire Jonathan dall'altra parte della stanza, fino al fuoco scoppiettante. Si vedeva la sedia di Hugh e lui era ancora accasciato lì, proprio come quando si era spenta la luce.

Non può essere morto.

È impossibile.

Il grido lamentoso di Christina mi trafisse le orecchie.

«Huuuuuuugh, noooooooo!»

Okay, credo sia morto.

Mi misi davanti al corpo di Hugh. Con il fuoco che illuminava tutto il resto, non riuscivo a vedere altro che la sua sagoma, ma il fatto che fosse immobile e non mi stesse guardando con il suo solito ghigno rendeva abbastanza chiaro che era stecchito. L'immobilità della scena era davvero inquietante e fin troppo familiare.

Avevo incontrato abbastanza cadaveri da sentire la presenza della morte nell'aria.

Deglutii. *Non può essere vero.*

Quella doveva essere una vacanza dalla Libreria Nevermore e da Argleton, e da tutti gli strani e bizzarri avvenimenti che vi si svolgevano. Non avrei dovuto trovarmi faccia a faccia con un cadavere. Soprattutto non con quello dell'editore da cui volevo farmi notare.

«È morto, è morto!» gridava Christina, mentre correva in giro come un pollo senza testa.

«Non c'è motivo di farsi prendere dal panico.» Allungai una mano verso di lei. «È molto triste, ma Hugh deve aver avuto un attacco di cuore o un altro problema medico. Forse ha gridato, ma con il rumore del temporale non l'abbiamo sentito...»

«Questo non è stato un infarto» dichiarò Charlie Doyle con voce tremante mentre si chinava per ispezionare il corpo. «Ed è per questo che per scrivere un buon giallo serve un poliziotto con anni di esperienza. Mi è bastata un'occhiata per capire che siamo di fronte a un omicidio.»

«Lo capiamo *tutti*, Charlie» sbottò Killian. «Hugh è stato pugnalato alla gola con la sua penna stilografica.»

16

«È stato assassinato...» sussurrai, metà a Jonathan e metà a me stessa.

Un altro omicidio.

«Noooooooo!» Christina gridò. «Huuuuugh, perché una persona così talentuosa deve esserci stata strappata via così presto?»

«Ma smettila...» sbottò Killian. «Nessuno si beve la tua empatia, chiaramente finta.»

Mi chinai per fissare la gola di Hugh alla luce del fuoco. Non l'avevo notata prima, ma da quella posizione si vedeva la sagoma della lunga penna. Ringraziai di non dover guardare da vicino il sangue. Avrei voluto che ci fosse la mia amica Jo. Avrebbe subito colto ogni tipo di indizio che io non riuscivo a capire.

«Assassinato?» La voce di Jonathan era di pura incredulità. «Non è il momento di raccontare storie. Ho già il mio bel da fare per far funzionare i generatori e controllare tutti gli ospiti. Non ho tempo per questi scherzi...»

«Non è una balla, Jonathan.» Gli presi il braccio e lo girai in direzione del camino. «Quella penna non è arrivata lì per caso.»

Jonathan sollevò la torcia. Il suo respiro si trasformò in un basso rantolo. «Hai ragione, ragazza. Non può essere stato un incidente.»

«Dobbiamo chiamare la polizia.» Con la mente ripercorsi gli eventi della serata. «Dobbiamo uscire di qui e mettere in sicurezza la scena del crimine. Dobbiamo riferire agli agenti che tra i presenti in questa stanza c'è un assassino.»

«Ma è assurdo!» gridò Vivianne con un sussulto.

«Beh, non può essersi pugnalato da solo alla gola» disse Charlie, prendendo la torcia da Jonathan. Guardai la sua sagoma che si chinava di nuovo su Hugh per ispezionare il corpo prima di spostarsi verso il resto della scena. «Anche se avesse voluto fare una cosa così stupida, l'angolazione è sbagliata. E questi schizzi di sangue qui...»

«L'analisi degli schizzi di sangue è notoriamente inaffidabile.» Non riuscii a trattenermi. Non mi piaceva essere sostituita da Charlie. Non faceva più il detective e aveva un rapporto d'affari con Hugh, il che significava che non era esattamente obiettivo. «Devi fare un passo indietro. Non possiamo rischiare di contaminare le prove, soprattutto date le circostanze. Dobbiamo uscire tutti da questa stanza e aspettare che arrivi la polizia.»

«Ho appena provato a chiamare» disse Donna, con la luce dello schermo del telefono che brillava nella penombra. «Ma non riesco a connettermi. Non c'è campo.»

Sentii un *bip* alle mie spalle. Killian disse con voce strozzata: «Anche il mio è fuori uso.»

«Proverò con il telefono fisso...»

«Temo sia inutile, Donna. È guasto anche quello. Con questo tempo non si salva niente» disse Jonathan. «E nessuno va da nessuna parte. Siamo completamente isolati. Gli sbirri dovranno aspettare che la pioggia smetta.»

«Ma... ma... non posso rimanere intrappolata qui con un

assassino.» Vivianne si precipitò verso le porte, ma Jonathan le si parò davanti.

«Temo che nessuno di voi potrà andare in giro per la dimora» dichiarò. «Vedete, questa stanza è stata chiusa dall'interno con la chiave di Donna. E questo è l'unico modo per entrare e uscire. Ciò significa che uno di voi è l'assassino e il mio compito è quello di garantire che non facciate del male a nessun altro.»

17

«Mina!»

Al suono della voce familiare alzai lo sguardo dalla sedia dove mi trovavo, nella sala da pranzo privata. Una figura slanciata attraversò la penombra. Due braccia forti mi strinsero, e un profumo di vaniglia e pompelmo, screziato di costosi oli per massaggi, mi invase le narici.

«Morrie.» Affondai il naso nel suo accappatoio morbido. *Si aggira per la tenuta nel bel mezzo di un temporale, con un assassino a piede libero, con addosso solo l'accappatoio del centro benessere? È una cosa molto in linea con il suo personaggio.* «È stato orribile.»

«Va tutto bene ora, bellezza. Ci sono io con te.»

«Signore, se vuole può stare qui con lei, ma poi non potrà più lasciare questa stanza» disse Jonathan avvicinandosi alla porta. «Mina è tra i sospettati.»

«Capisco.» Morrie mi strinse la mano. «Se hai bisogno di aiuto per gestire la security, fammelo sapere. Questi tizi qui sembrano i classici psicopatici spietati che si staccherebbero le braccia a morsi solo per poi avere un moncone con cui prendere a bastonate un collega.»

«Ehm, giovanotto» sbottò Vivianne. «Io non ho intenzione di staccare a morsi proprio un bel niente, se non la testa di Donna quando saremo in tribunale, dopo che l'avrò citata in giudizio per avermi trattenuta qui dentro con la forza.»

Morrie fece un gran sorriso innocente e mi strinse di più.

Accanto a me, nella piccola sala da pranzo privata che Jonathan aveva deciso di adibire a nostra prigione di fortuna, Donna accese il fuoco. Christina, Killian, Charlie e Vivianne erano seduti intorno al tavolo di quercia antica e si guardavano l'un l'altro con malcelato sospetto. La luce del fuoco tremolava sulle fotografie appese alle pareti: scene di precedenti ritiri letterari e di vivaci serate di gala tra scrittori, organizzate dai genitori di Donna.

Gli altri ospiti dell'hotel vennero fatti uscire dalle loro stanze e riuniti nel ristorante, dove venne servita la cena. Nell'aria un delizioso profumo di cioccolata calda, di zuppa fumante e di pane caldo che doveva servire per la colazione del giorno dopo. Mi brontolava lo stomaco, ma non sapevo se avremmo potuto prendere parte a quei piaceri.

Dopotutto, in quella stanza c'era un assassino.

E gli assassini non meritavano cioccolata calda.

«Sono venuto di corsa appena si è spenta la luce» disse Morrie abbracciandomi più stretta. «Stai bene?»

«Sì, sì, certo.» Rabbrividii. «Ma è stato terribile. Ero seduta proprio di fronte a lui, poi ci siamo alzati per provare ad aprire la porta e... qualcuno l'ha aggredito. Era buio pesto. Non ho visto nulla.»

Non posso credere che qualcuno sia stato ammazzato proprio sotto il mio naso e io non l'abbia nemmeno sentito.

«Ma sappiamo tutti che vedere non è tutto.» Le lunghe dita di Morrie si infilarono senza nessuno sforzo tra le mie. «Devi avere percepito qualcos'altro.»

Ripensai al caos del blackout. Tutti che parlavano e si

muovevano contemporaneamente. Tra tuoni e battibecchi c'era stato così tanto rumore, che non ricordavo di aver notato altro. Ricordai però che qualcuno mi aveva sfiorata quando ci eravamo diretti tutti verso l'ingresso, andando nella direzione opposta. Ma poteva essere uno qualsiasi di noi, che si stava spostando.

Scossi la testa. «Nessun rumore che riesca ad associare all'assassinio vero e proprio. Quando siamo andati dall'altra parte della stanza, tenevo per mano Christina, quindi direi che non è stata lei. Anche se... a pensarci bene, l'ultima volta che ho sentito la voce di Hugh è stato poco prima che la luce si spegnesse, quindi potrebbe essere stato chiunque, prima che iniziassimo a spostarci verso la porta.» Scossi la testa. «Ma non sta a noi risolvere questo omicidio, quindi è una questione di lana caprina.»

«Non sta a noi?» mi chiese Morrie avvicinandosi, con una voce da birbante.

«*No, non sta a noi*» ribattei ferma. «Sono una dei sospettati. Non sarebbe giusto.»

«Ma, Mina Wilde, mi sconvolgi. Come se tu ti fossi mai preoccupata di rispettare le norme.» Morrie abbassò la voce. «Di certo non te ne sei preoccupata quando avevi il mio uccello ben piantato nel...»

«Sono *seria*. Adesso ci mettiamo qui, seduti in questa stanza, e aspettiamo che arrivi la polizia.»

«Non puoi starne fuori. Vedo già la tua mente al lavoro. Stai cercando di capire chi poteva avere un movente per uccidere Hugh.»

«Non è vero.» Mi sentii arrossire. «Voglio dire, ovviamente Christina, e Killian, e credo anche Vivianne...»

«Mina? Mina sta bene?» Sentii in lontananza la voce di Quoth, piena di apprensione. Guardai verso la porta proprio mentre correva da me per abbracciarmi.

«Non dovrebbe avere il permesso di portare qui tutti quegli uomini. Non voglio vicino a me né quello in giacca e cravatta né quello maldestro» intervenne Charlie. «Magari sono stati proprio loro a uccidere Hugh.»

«Per quanto mi piacerebbe rivendicare il merito di un tale servizio pubblico» replicò Morrie, «è terribilmente difficile uccidere qualcuno che sta al di là di una porta chiusa a chiave.»

«Peccato che queste sarebbero esattamente le parole che si direbbero per discolparsi» osservai.

«Ecco la Mina che mi piace» mi disse Morrie con un sorriso.

«Charlie mi ha fatto notare che manca Heathcliff.»

Morrie si alzò e mi baciò la testa. «Lo trovo io.»

Jonathan si spostò per impedirgli di passare. «Ho detto che non puoi uscire da questa stanza.»

«Manca un ospite» affermò Morrie. «Vado a cercarlo. Se vuoi puoi venire con me, ma così lascerai sguarnita una stanza piena di potenziali assassini. È questo che vuoi?»

Jonathan ci pensò per un attimo, poi lanciò a Morrie la sua lampada. «Tra quindici minuti torna a riferirci se l'hai trovato o no, altrimenti li chiudo tutti dentro e vengo a cercarti.»

Aveva un'aria feroce. Doveva essere terribile per lui. Jonathan amava la Meddleworth. Quella dimora era stata la sua casa per tutta la vita. Credo che sapere che qualcuno era stato ucciso lì fosse un gran dolore per lui, come se qualcosa di bello e sacro fosse stato macchiato.

Morrie prese la lanterna di Jonathan e scomparve lungo il corridoio. Quoth mi si accoccolò addosso. Puzzava di fumo.

«C'è un caminetto nello studio?» gli chiesi. «Deve essere davvero accogliente.»

«Lo studio?»

«Lo studio d'arte. Puzzi come se fossi stato vicino a un caminetto.» Gli annusai i capelli.

«Ah... ehm... sì. C'è una stufetta in un angolo. Fa un bel

calduccio. Ero così preso dal mio lavoro che mi ci è voluto un po' per capire che era saltata la corrente.»

Anche quando era nella sua forma umana, gli occhi corvini di Quoth gli permettevano di vedere molto meglio al buio. Quindi probabilmente avrebbe potuto continuare a dipingere anche senza luce.

«L'ho trovato!» Morrie tornò seguito da Heathcliff raggiante, che indossava...

Un morbido accappatoio bianco?

Gli buttai le braccia al collo. «Sono così felice che tu stia bene.»

«Bene? E perché mai non dovrei stare bene? Sto più che bene. Mi hanno appena risucchiato ogni singola tossina dal corpo...»

«Ti hanno... *cosa?*»

Nulla di ciò che usciva dalla sua bocca aveva senso.

«L'ho trovato nella sala meditazione del centro benessere» spiegò Morrie. «Era sdraiato su un lettino da massaggio, ricoperto di fette di cetriolo e oli profumati, che dormiva profondamente.»

«È bello questo accappatoio.» Passai le dita sull'orlo morbido. «E... Heathcliff, ma sei in pantofole?»

«Mi hanno detto che dovevo metterle» mormorò lui prima di lasciarsi cadere sulla sedia accanto a me.

«Chi te l'ha detto?»

«La donna che mi ha massaggiato con gli oli.» Heathcliff si appoggiò allo schienale e incrociò i piedi sul tavolo, con le pantofole e tutto il resto. «C'è del whisky?»

«Ma chi sei tu e cosa ne hai fatto di Heathcliff Earnshaw? Non ti ho mai visto in accappatoio. E hai dormito, senza accorgerti di niente: né del temporale del secolo, né dell'omicidio...»

Heathcliff scattò in piedi. «Omicidio? Tu stai bene?

Quoth...»

«Sto bene» intervenne Quoth.

«Stiamo tutti bene. Ma Hugh Briston no. Qualcuno lo ha pugnalato con la sua penna portafortuna.»

«Non posso dire di esserne particolarmente scosso. Quell'uomo non riconoscerebbe un vero scrittore nemmeno con un pugnale alla gola.»

«Stai zitto!» gli dissi tra i denti.

«È toppo presto?» La voce di Heathcliff si tinse di macabro umorismo.

«Avete sentito?» si intromise Vivianne. «Avete sentito quanto insensibile disprezzo da parte di quell'uomo per il mio povero marito defunto? Deve essere assolutamente inserito nella lista dei sospetti.»

«Se riesci a suggerire come sia entrato nella stanza, allora certo» risposi io. «Ma al momento dell'omicidio non era nemmeno vicino alla biblioteca. Sono sicura che i filmati di sicurezza lo collocheranno nella sala di meditazione fino al momento in cui è saltata la corrente. Come abbiamo già stabilito, la stanza era chiusa a chiave in quel momento, quindi l'assassino non può essere altri che uno tra i presenti.»

«E poi, cos'è questa storia del tuo povero marito?» si intromise Donna. «Mezz'ora fa stavi festeggiando perché ti eri vendicata di lui pubblicando un libro che conteneva delle mezze rivelazioni su dettagli personali che lo riguardavano. Non sei certo l'immagine dell'innocenza.»

«In effetti, Vivianne protesta un po' troppo» la interruppe Charlie. «Credo che l'assassina sia lei. In tutti i miei anni da detective, di solito è sempre stato il coniuge a commettere il fatto.»

«Io e Hugh siamo divorziati da cinque anni» si difese Vivianne. «Se volete cercare un sospetto, vi suggerisco di chiedere alla persona con cui andava a letto, anche se potrebbe essere qualsiasi giovane donna in questa stanza.»

«Non io» rimarcai con orgoglio.

Né Christina né Donna fecero una dichiarazione del genere.

«Ma l'unico motivo per cui Christina andava a letto con Hugh era per ottenere un contratto» disse Killian. Sembrava che stesse cercando di convincere se stesso, prima di tutto. «Erano affari. L'ha fatto per me, per *noi*, in modo che io ottenessi il mio contratto. Non posso certo dire che mi piaccia il modo in cui sono andate le cose, però nessuno di noi due avrebbe avuto motivo di uccidere Hugh: alla fine avevamo ottenuto ciò che volevamo...»

«Non è quello che Mina ha sentito stamattina» osservò Morrie.

Gli diedi una gomitata nelle costole.

Arrossii ancora di più nell'accorgermi che tutti gli occhi dei presenti erano puntati addosso a me. «Prima di colazione ho fatto una passeggiata fuori, e sono salita in camera proprio mentre tutti gli altri si stavano sistemando al ristorante. Ho colto Hugh e Christina... ehm... *in flagrante*. E Christina stava dicendo che voleva essere sicura che a Killian non andasse nemmeno una briciola dei suoi guadagni con le royalties dalla Red Herring.»

«Christina, dimmi che non è vero!» Killian si girò verso di lei.

«Ma non è stato niente!» sbottò lei. «Aveva detto che andare a letto con lui era l'unica possibilità che avevo per poter lavorare con lui.»

«A me non interessa niente del sesso. Mi interessa se hai cercato di tagliarmi fuori lasciandomi senza un centesimo! Dopo tutto il lavoro che ho fatto per te...»

«Lavoro? Quale lavoro? Sono io a fare tutto. Sono io che lavoro come una schiava al computer, sera dopo sera, dopo lunghe ore in quel disgustoso ristorante italiano. Sono io che sopravvivo mangiando solo popcorn stantii e dormendo quattro ore per notte, mentre tu vai a tutti gli eventi mondani del settore, bevi gratis e non alzi nemmeno un dito!» Christina stava praticamente urlando. «Non ti meriti un centesimo!»

«Sono entrambi sospetti. Entrambi hanno un movente per avere ucciso Hugh.» La sedia di Charlie Doyle scricchiolò mentre lui si appoggiava allo schienale per incrociare i piedi sul tavolo, copiando la postura di Heathcliff. «Io, invece, no.»

«Il che non è del tutto vero, no?» commentai. «Stamattina ho sentito anche te e Hugh che parlavate, fuori. Mettendo Hugh fuori dai giochi, avresti trovato un altro che avrebbe pubblicato il tuo libro con la Red Herring: il libro che hai scritto *tu*, non quello scritto da una ghostwriter, come voleva Hugh.»

«Pensi che possa avere ucciso Hugh perché si era rifiutato di pubblicare il mio libro così come l'avevo scritto io?» Charlie sembrava offeso. «Ma è ridicolo. Se questo è il tipo di movente che usi nei tuoi libri da detective dilettante, non c'è da stupirsi che Hugh abbia considerato spazzatura il tuo lavoro. No, sono sicuro che sarei stato in grado di convincerlo dei meriti della mia opera. D'altronde, è un uomo dal gusto raffinato, proprio come me.»

Questo tizio non mi piace proprio per niente.

«Hai detto tu stesso che hai lavorato a quel libro per anni» commentai, cercando di mantenere la voce calma. «Deve essere stato pesante scoprire che l'accordo editoriale del secolo non avrebbe portato il tuo libro sugli scaffali.»

«Senti chi parla» ribatté Charlie. «Sappiamo tutti di chi è il libro che Hugh non riteneva degno nemmeno di essere criticato, figuriamoci di essere pubblicato. Tutte le cose che ti ha detto devono averti ferita. E poi, non ti vanti di essere una detective dilettante come l'eroina della tua storia? Beh, se è vero, questo ti avrebbe dato tutte le conoscenze necessarie per portare a termine questo crimine...»

«Basta!» urlò Jonathan. «Per quanto ne so io, siete tutti colpevoli finché non arriva la polizia a risolvere il caso. Nessuno andrà da nessuna parte. Devo proteggere la casa e le persone che la abitano, e starò davanti a questa porta tutta la notte per assicurarmi che non succeda dell'altro.»

18

«Devo andare in bagno» si lamentò Christina due ore dopo.

«Ho messo un secchio in un angolo» borbottò Jonathan.

Donna sospirò. «Jonathan, per favore, sii ragionevole. Non posso usare un secchio. I bagni sono in fondo al corridoio.»

«E se l'assassina fossi tu? Se ti facessi uscire per andare a fare le tue cose e tu entrassi nel ristorante e uccidessi degli avventori perfettamente innocenti?»

«Ma no, questo è stato un attacco calcolato e deliberato nei confronti di Hugh» disse Charlie con la sua voce da poliziotto con trentatré anni di esperienza. «Questo assassino ha raggiunto il suo scopo e non ucciderebbe di nuovo, se non per coprire le sue tracce, quindi possiamo andarci tutti, al bagno. Sono un detective, io queste cose le so.»

«Parli come un vero assassino» sbottò Killian. «Che cerca di non attirare i sospetti su di sé.»

«No, sto solo cercando di riuscire a svuotare la vescica senza dovermelo tirare fuori davanti a tutti.»

«Non vedo perché io devo restare qui» brontolò Vivianne.

«Sono stanca, è stata una lunga serata e non sono sospettata. Non è che dovrei avere il permesso di ritirarmi nella mia stanza?»

«Non sei sospettata?» si schernì Killian. «La famosa exmoglie piantata in asso che ha giurato vendetta, non è sospettata?»

«Nessuno va da nessuna parte.» Jonathan incrociò le braccia sul petto e si mise davanti alla porta per bloccare il passo a chiunque. «Non possiamo rischiare che l'assassino tenti di scappare prima che arrivino gli sbirri. Quindi vi suggerisco di sedervi.»

Jonathan disse l'ultima frase in un tono alquanto severo e terrificante. Faceva sul serio. E ciò significava che eravamo tutti intrappolati lì.

In verità, prima o poi avrei avuto bisogno anch'io di andare al bagno. E non avrei mai usato il secchio.

Sapevo che Jonathan stava facendo il suo lavoro di "difendere la fortezza", ma dovevamo uscire da quella stanza, altrimenti Heathcliff sarebbe diventato violento.

«Chiedo scusa» dissi. «Io e i miei amici abbiamo aiutato la polizia a risolvere diversi omicidi nel mio villaggio di Argleton...»

«...bugiarda...» bofonchiò Charlie alle mie spalle. «La polizia non lavora con i detective dilettanti.»

«E ho consegnato diversi criminali alla giustizia. Anzi, i vari casi sono poi stati la fonte di ispirazione per il mio libro. Forse potremmo offrire i nostri servizi.»

«Per che cosa?»

«Per risolvere il crimine.» Picchiettai con le unghie sul tavolo. «Al momento dell'omicidio c'erano cinque persone nella stanza: Christina, Killian, Vivianne, Charlie e Donna. Cinque sospettati. Non dovrebbe essere così difficile restringere il campo a un solo assassino. Se scoprissimo chi è stato, potremmo rinchiuderlo, o rinchiuderla, da qualche parte al sicuro fino all'arrivo della polizia, e gli altri sarebbero liberi.»

«Ti sei dimenticata di te stessa» commentò acido Charlie.

Ma io so che non sono stata io. Serrai i denti. «Bene. Sono sospettata anche io. Quindi sei.»

«Forse potremmo lavorare tutti insieme» suggerì Christina, leggermente rianimata. «Siamo scrittori di gialli. Abbiamo tutti familiarità con misteri e stanze chiuse a chiave, e almeno *alcune* delle persone in questa stanza sono innocenti. Forse, tutti insieme, potremmo risolvere il crimine.»

«Questa idea mi intriga» commentò Morrie.

«Ma come facciamo?» chiese Charlie. «Siamo intrappolati in una stanza dimenticata da Dio, con quel tizio che sembra Attila l'Unno a bloccarci la porta. Non possiamo nemmeno ispezionare la scena del crimine e, in quanto detective in pensione, so che è l'elemento più importante...»

«Morrie, Quoth e Heathcliff possono andare» osservai. «Non erano nella stanza con noi, quindi non possono essere sospettati, e anche loro in passato hanno partecipato a delle indagini per omicidio, perciò sanno cosa cercare...»

«Puah! Non ci lasceremo ingannare da questo vecchio trucco. Se mandiamo fuori i tuoi fidanzati, troveranno gli indizi che ti incriminano e li distruggeranno.»

«Questo funzionerebbe solo se l'assassino fossi io» osservai. «E non lo sono. Ma va bene. Allora sentite questo: Heathcliff, Quoth e Morrie escono, e tu vai con loro. Loro saranno gli occhi e le orecchie di Jonathan e si assicureranno che tu non scappi...»

«Ne sarò più che felice.» Heathcliff si batté un pugno sul palmo della mano.

«E tu potrai controllare che non manomettano le prove. *Inoltre,* potrai mettere a disposizione la tua competenza da detective con trent'anni di esperienza.»

«*Trentatré*» mi corresse Charlie, che però sembrò rasserenato dal mio suggerimento.

Jonathan si accigliò. «Non mi piace. Dovreste rimanere tutti qui per...»

«Potremmo stare qui per *ore*» disse Donna. «Anche tutta la notte. Nessuno di noi ha intenzione di farla in un secchio.»

«E se decidiamo di ribellarci, siamo in nove contro di te» aggiunse Vivianne, con voce piena di determinazione.

«Se riusciamo a risolvere la questione, allora potremo rilassarci tutti, compreso te» aggiunse Donna. «Sei stato bravissimo a gestire l'emergenza durante il temporale, Jonathan. Ti meriti di poterti rilassare un po'.»

«E magari bere un po' di whisky?» suggerì Heathcliff pieno di speranza.

Jonathan rimase in silenzio. «Bene» borbottò. «Voi quattro potete dare un'occhiata alla scena del crimine. Ma non toccate nulla. E potete andare solo fino alla biblioteca e poi tornare subito. Avete venti minuti.»

Morrie allungò i quadricipiti sul tavolo. «Eccellente. Mi piace l'esercizio fisico vigoroso, come possono testimoniare Heathcliff e Mina...»

«Adesso ce ne andiamo.» Heathcliff lo afferrò per la collottola e lo trascinò verso la porta. Charlie lo seguì, con Quoth dietro.

Jonathan sbatté la porta alle loro spalle. «Spero di non fare un grosso errore.»

Anch'io. Spero di non aver appena mandato i miei ragazzi con un assassino.

Guardai i volti dei miei colleghi scrittori, in ombra intorno al tavolo. La vita reale era davvero più strana della finzione quando sei scrittori di gialli dovevano risolvere un omicidio per scagionarsi, seduti al tavolo insieme all'assassino!

19

«Ho disegnato questa mappa della stanza» disse Quoth quando, al loro ritorno, esattamente diciotto minuti dopo, consegnò dei fogli ai presenti. «È un po' approssimativa, perché non mi è stato permesso di andare a prendere il materiale nello studio di disegno e ho avuto poco tempo a disposizione, ma sarà sufficiente a dare un'idea.»

Forse me lo stavo immaginando, ma Charlie sembrava più silenzioso di quando erano usciti, e notai che si era precipitato a sedersi sul lato opposto del tavolo, il più lontano possibile da Heathcliff.

Quoth mi passò un pezzo di carta spessa e fui commossa nel trovarvi un diagramma tattile della stanza. Quoth aveva incollato dei fiammiferi, dello spago e dei pezzi di tessuto sulla carta per creare una mappa, la disposizione dei mobili, e tutto il resto. Tirai fuori il mio etichettatore Braille e scrissi delle etichette con i nomi degli scrittori, poi le attaccai vicino a dove era seduto ognuno di loro.

«Abbiamo fatto un'ispezione approfondita della stanza e possiamo concludere che non c'erano altre entrate o uscite» spiegò Morrie. «La porta principale era chiusa a chiave, come testimoniano Mina, Donna e Jonathan. Lungo questo lato della stanza ci sono due finestre...»

«Direttamente dietro dove erano seduti Charlie e Killian» indicò Vivianne con un tono molto professionale.

«Solo perché ero vicino alla finestra non significa che sono un assassino» replicò Killian.

«No, ma il fatto che la vittima andasse a letto con la tua ragazza suggerisce che...»

«Oh, quindi vogliamo metterci a discutere su chi andava a letto con il partner di chi? Perché ho sentito che la lista delle conquiste di tuo marito è lunga quanto la tua lingua biforcuta...»

«Stavo indicando le finestre per mostrare un possibile punto di ingresso per un assassino dal di fuori» spiegò Morrie. «Tuttavia, le serrature sono vecchie e bloccate e non sarebbe stato possibile aprire le finestre senza fare entrare vento e pioggia, il che avrebbe detto a tutti che erano state aperte. Qualcuno ha sentito entrare aria?»

Nessuno commentò, ma evidentemente gli scrittori scossero la testa, perché Morrie proseguì.

«L'unico altro punto di ingresso è una piccola presa d'aria per il riscaldamento sopra la libreria, ma non è abbastanza grande da permettere il passaggio di un essere umano.»

«Quindi l'assassino era sicuramente dentro la stanza» osservò Christina con voce tremante.

«E abbiamo stabilito che Christina, Killian e Charlie avevano tutti delle forti motivazioni per volere Hugh morto» disse Donna. «Ma io no.»

«Mmm...» Mi ricordai di una cosa che mi aveva detto Donna. «Invece tu sì.»

«Io sì?»

«Certo. Hai ereditato questa proprietà dai tuoi genitori,

insieme alla montagna di debiti che si portava dietro. Probabilmente ti sei indebitata ancora di più per costruire il centro benessere e fare tutta quella costosa campagna pubblicitaria. Le tue finanze sono in affanno e mi hai detto tu stessa che un omicidio alla Meddleworth avrebbe attirato ospiti. Magari hai deciso di organizzare tu l'omicidio.»

«È assurdo» sbottò Donna. «Non sono così disperata da abbassarmi a tanto.»

«Non ne sarei così sicuro» disse Jonathan dalla porta.

«Non badate a Jonathan» ribatté lei, perdendo un po' della sua calma ben costruita. «È amareggiato perché sono arrivata qui e ho iniziato a fare dei cambiamenti. Beh, se questo posto non fosse cambiato, ora sarebbe fallito, e noi dove saremmo? Hugh mi stava dando una barca di soldi per il mio libro sui misteri della Meddleworth, a condizione che ritraesse in una luce positiva lui e i suoi eventi letterari. Se dovevo uccidere qualcuno, perché proprio lui?»

«Perché mi avevi detto espressamente che la vittima avrebbe dovuto essere *di alto profilo*» conclusi.

«Non stavo parlando letteralmente!»

«Forse no, ma è un motivo sufficiente perché tu rimanga in questa stanza.» Morrie scrisse qualche appunto accanto al nome di Donna sulla sua cartina. «Ora, chi è il prossimo?»

«Che dire della donna che ha detto più volte che il suo scopo specifico di venire a questo ritiro era vendicarsi di Hugh?» osservò Charlie con quella sua voce tutta compiaciuta, come se avesse già risolto il caso.

«Ma ti prego» dichiarò Vivianne. «Dovresti smetterla. Ti stai mettendo in ridicolo.»

«È quello che ti ha fatto Hugh, Vivianne?» intervenne Morrie. «In effetti, ti ha messa in ridicolo con le sue storielle con giovani donne e con i suoi frequenti passi falsi nel gestire gli affari. Eri giovane quando ti ha sposata, vero? Eri una scrittrice.

Gli avevi dato tre romanzi che avevi scritto perché te li pubblicasse e lui ti ha fatto firmare per cedergli ogni diritto. Lui ha fatto fortuna con i tuoi libri e tu non hai visto nemmeno una sterlina.»

Oh, questo è terribile.

Non riuscivo nemmeno a immaginare di essere tradita in un modo del genere.

«Beh, e allora?» La voce di Vivianne grondava disprezzo. «Mio marito mi ha rubato il lavoro e ci ha fatto una fortuna, e non ha nemmeno avuto la decenza di cercare di nascondere la sua mancanza di tatto. È così che funziona nel "business", come amava dire il caro defunto Hughey.»

«Non hai fatto nessun mistero del fatto che lo odiavi» osservai. «Ho letto che alla presentazione di un libro lo hai attaccato. E allora perché hai usato uno pseudonimo per scrivere un romanzo, solo per farti accettare a questo ritiro? Perché ci hai detto che avevi un piano per vendicarti? È possibile che tu avessi pianificato di ucciderlo?»

«Questo tipo di ragionamento emotivo potrà anche funzionare in uno dei tuoi libri, ma qui siamo nel mondo reale» commentò Vivianne con un sorrisetto. «La mia vendetta è stata molto più gratificante della semplice uccisione di quell'uomo. Anzi, la persona che l'ha ucciso mi ha privato della gioia di portare a termine il mio piano, anche se forse mi ha aiutato a fare milioni.»

Morrie si chinò in avanti, le mani appoggiate sul tavolo con la punta delle dita unite. Il Napoleone del crimine era incuriosito. «Credo sia meglio che mi spieghi.»

Vivianne sospirò, come se per lei essere circondata da simili sempliciotti fosse un inferno. «Il libro che ho presentato per essere accettata era uno stratagemma. Sapevo che Hugh avrebbe riconosciuto la mia scrittura e che non mi avrebbe accettata, con un mio vero lavoro. Ci credereste se vi dicessi che l'ho fatto scrivere a un software di intelligenza artificiale? È incredibile quello che i computer sono in grado di fare al giorno d'oggi. Il mio vero libro è quello che vi ho letto ad alta voce stasera: è un'autobiografia sugli anni trascorsi con Hugh, su tutti i suoi affari loschi, su tutte le giovani scrittrici disperate con cui è andato a letto e che ha attirato nella sua cerchia con promesse di fama e fortuna, solo per farle poi lavorare come scrittrici per le sue vere star.» Vivianne lanciò un'occhiata a Christina. «Mi dispiace, mia cara.»

«Non so di cosa stai parlando» commentò Christina a denti stretti.

«Certo, che non lo sai. Tutte le notti in cui Hugh è tornato a letto ubriaco fradicio e mi ha raccontato delle marachelle che aveva combinato... sono tutte nel libro. E ho anche aggiunto alcuni dettagli particolarmente personali, come il fatto che uno dei suoi testicoli è deformato da quella volta che è rimasto incastrato in una stampatrice, e del fatto che ha una voglia sul sedere che gli piace farsi leccare. Lo eccita molto. Te l'ha fatta leccare?»

«No» disse Christina in un tono che chiaramente voleva dire *sì*.

«Così ho messo insieme questo libro e ne ho fatto il mio lavoro migliore. Dipinge i ritiri alla Meddleworth House sotto una luce diversa da quella del libro storico, e molto romantico, di Donna. Abbiamo già un accordo a sei cifre con il concorrente della Red Herring. Quando il libro uscirà, distruggerà la reputazione di Hugh. Sarebbe stato trascinato dalla stampa e io ne avrei goduto ogni singolo momento.» Mi fissò. «Ma poi arriva Mina, che lo uccide e mi rovina i piani.»

«Non l'ho ucciso io!» gridai. «Che motivo avrei mai avuto per uccidere Hugh?»

«Tra tutti noi, sei tu quella che ha il movente più plausibile» si intromise Killian. «Hugh ha criticato il tuo romanzo per tutto il fine settimana. Se avesse detto quelle cose sul libro di Christina, avrei voluto accoltellarlo anch'io.»

«È una minaccia quella che colgo?» Cercai di deviare l'attenzione su Killian. «Tu stai cercando di attirare l'attenzione su di me, ma in realtà sei *tu* quello che promette violenza.»

«E l'unica vera violenza che abbiamo visto questo fine settimana è stata quando il tuo ragazzo ha aggredito Hugh!»

«Ma Heathcliff non era nella stanza con noi.» Mi venne un'idea. «Però Oscar sì. Era a terra, davanti ai miei piedi, senza nessuno spazio tra le mie gambe e il tavolino. Se avessi ucciso Hugh, avrei dovuto alzarmi, superare Oscar, fare il giro del tavolo, trovare Hugh e riuscire a pugnalarlo al collo nel punto *preciso* in modo da perforargli l'arteria, al buio. E, essendo cieca...»

«Mi hai fatto strada tu fino alla porta» fece notare Donna.

«Ci ha fatto strada *Oscar*» la corressi. «Sono abituata a non aver bisogno degli occhi per orientarmi in una stanza, ma non ho addestrato il mio cane guida a localizzare l'arteria sul collo di un uomo. Uccidere qualcuno in quel modo richiede una forza notevole e il colpo deve essere molto preciso. Diversamente, non sarebbe morto.» Mi rivolsi a Charlie. «Cosa ti dicono i tuoi anni di esperienza?»

Probabilmente Charlie era troppo stupido per rendersene conto, ma lo stavo mettendo alla prova. Sapevo che i miei ragazzi avevano ispezionato il corpo con attenzione e volevo assicurarmi che fossero giunti tutti alle stesse conclusioni.

«Non necessariamente» disse Charlie. «Io credo che si sia trattato di un colpo fortunato di qualcuno che gli si è scagliato addosso con rabbia, approfittando dell'oscurità per vendicarsi, ma senza l'intenzione di ucciderlo veramente...»

«Ah, ma stai dimenticando un altro dettaglio.» Morrie posò un oggetto sul tavolo. «La penna portafortuna di Hugh Briston.»

«Quella è... l'arma del delitto? Gliel'hai estratta dal collo?»

«Ho usato i guanti.» Morrie alzò le mani per mostrare che indossava dei guanti bianchi da cucina. «E l'ho sigillata in un sacchetto di plastica. La polizia potrà comunque ricavarne il DNA e le impronte digitali. È la chiave di questo mistero.»

«Come mai?» Charlie sembrava diffidente.

Morrie si appoggiò allo schienale della sedia e congiunse i polpastrelli. «Mi reputo un esperto quando si tratta di colpi mortali. Ho ispezionato la ferita e non credo che Hugh sia morto dissanguato.»

Quella era una novità.

«All'inizio pensavo che Hugh fosse stato ucciso dalla penna infilata nella carotide» spiegò Morrie. «Ma come ha suggerito Mina, è un modo incredibilmente difficile di uccidere qualcuno, soprattutto al buio. Di solito, se si vuole recidere l'arteria lo si fa passando un coltello sulla gola, ma in questo caso è stata piantata una penna, il che significa che l'assassino avrebbe dovuto essere mortalmente preciso.»

«Esatto» intervenni io, ricordando una discussione che avevamo avuto una sera su questo argomento io, Jo e Morrie al Rose & Wimple. «Inoltre, il modo più comune per tagliare una gola, secondo la nostra amica Jo, il medico legale, è da dietro. E, anche al buio, Hugh si sarebbe accorto se qualcuno gli si fosse messo davanti, perché gli avrebbe nascosto la luce del fuoco, e non sembrava certo il tipo che se ne sarebbe stato zitto. Invece, nessuno di noi ha sentito niente. Quindi credo sia lecito supporre che l'assassino sia arrivato alle spalle di Hugh. Ma come avrebbe potuto sapere dove pugnalarlo? Ci sarebbe voluta una specifica preparazione medica, oltre a un'ottima vista...»

«Ah, ma questo solo nel caso in cui Hugh sia stato effettivamente ucciso dalla penna che gli ha trafitto la carotide.» Morrie aprì la parte superiore del sacchetto contenente la penna. «E non credo sia andata così. Non c'è abbastanza sangue. Quello che si sente, invece, è un distinto profumo di mandorle.»

«Mandorle?» Ricordai un'altra cosa, dall'omicidio della signora Scarlett. «È cianuro.»

«Lo sapevo!» esclamò Christina. «L'eroina del mio primo romanzo uccide il marito con un po' di cianuro mescolato al caffè ogni mattina...»

«Quella è intossicazione cronica, in cui un po' di veleno si accumula nel sistema nel corso del tempo. Qui stiamo parlando di una dose letale di veleno somministrata direttamente nel flusso sanguigno di Hugh.»

«Bel modo per mettere fine a quel bastardo marcio» commentò Vivianne. «Non dirò certo che sono triste per questo, anche se mi ha rovinato i piani. Quasi vorrei averlo fatto io, anche se ovviamente non è andata così. Ma come ha fatto il cianuro a finire nella penna di Hugh? Non la perde mai di vista, quella brutta cosa. Si dice che sia caduta a Stephen King a una festa, quando Hugh era solo uno stagista di redazione, e lui l'abbia raccolta e conservata e da allora gli porti fortuna. Ogni libro che edita con quella penna diventa un bestseller.»

«L'ha persa oggi pomeriggio, ricordi?» Avevo il cuore che batteva forte mentre ogni pezzo andava al suo posto. «Questa mattina ce l'aveva, poi l'ha cercata per tutto il pomeriggio e questa sera era di nuovo accanto alla sua sedia. Qualcuno deve averla rubata e averci messo il veleno nel pomeriggio, prima di riportarla e riposizionarla sul tavolo di Hugh.»

«E da dove avrebbero preso il cianuro?» chiese Vivianne. «Non è una cosa che si trova in giro.»

«Ce n'è nei laboratori» disse Quoth. E poi aggiunse rapido: «L'ho visto durante il tour che abbiamo fatto prima dell'inizio del corso di pittura. Viene usato in alcune procedure per la lavorazione dei metalli.»

«Allora potrebbe essere stato chiunque» commentò Killian. «Siamo tornati al punto di partenza.»

«Non credo» disse Charlie. «Forse servono trentatré anni di servizio per capirlo, ma il quadro sta diventando più chiaro. La penna è scomparsa subito dopo che il fidanzato di Mina ha cercato di soffocare Hugh, creando la distrazione perfetta perché Mina prelevasse la penna. E abbiamo appena stabilito che chiunque avrebbe potuto posizionarsi dietro Hugh e affondargliela nel collo, se l'unica intenzione era quella di fargli entrare in circolo il cianuro.»

«Ma, scusate, ho già detto che non sarei stata in grado di fare il giro di tutti i presenti senza Oscar...» iniziai a dire, ma poi mi bloccai quando capii che Charlie aveva ragione. Nel suo scenario, ero assolutamente sospettabile, come tutti gli altri.

Avevo capito anche un'altra cosa.

Non era possibile che Heathcliff fosse nella stanza, ma *Quoth* avrebbe potuto esserci.

Il condotto descritto non era largo a sufficienza per il passaggio di un essere umano, ma un corvo mutaforma avrebbe potuto entrare e uscire facilmente, senza che nessuno lo notasse, al buio.

Ma è assurdo. Quoth non ucciderebbe mai qualcuno...

Era davvero assurdo? Tutti i miei ragazzi avevano visto quanto Hugh mi facesse arrabbiare. E avevano detto chiaramente che erano disposti a fare qualsiasi cosa per me. Anche uccidere.

Donna li aveva trovati insieme nello sgabuzzino dopo che Heathcliff aveva attaccato Hugh. Inoltre, mi avevano mentito dicendo che avevano comunicato solo via messaggio.

A volte dimenticavo che uscivo con uomini cresciuti all'interno di libri di fantasia. Nelle loro rispettive storie loro erano sempre i cattivi. Morrie: il Napoleone del crimine, responsabile della metà di tutti i mali e di tutto ciò che rimaneva non scoperto nella Londra di Sherlock Holmes. Heathcliff, l'antieroe gotico che avrebbe orchestrato la rovina di un'intera famiglia perché distrutto dalla morte di Cathy. E Quoth, il torvo, sgraziato, orrido, scarno e sinistro uccello d'altri tempi, antico simbolo di morte e presagio.

Per quanto li amassi, erano effettivamente dei malvagi della letteratura. E nulla è off-limits per un essere malvagio, quando qualcosa o qualcuno minaccia la persona che ama.

Morrie, Heathcliff e Quoth si erano liberati di Hugh... per me?

20

Non potevo svelare i miei pensieri inquietanti agli altri scrittori, che stavano bisticciando tra loro sui dettagli del caso. Si accusarono a vicenda finché Christina non scoppiò a piangere e Charlie batté sul tavolo così forte che lo incrinò.

Continuavo a cercare di catturare lo sguardo di Heathcliff, certa che con la sua brutale e amara onestà sarebbe stato il primo a cedere.

Ma è piuttosto difficile catturare lo sguardo di qualcuno quando si è ciechi.

Kelly-Ann, l'artista che gestiva i laboratori di pittura e lo studio d'arte, si affacciò alla porta e disse a Jonathan che il personale aveva finito di servire la cena e che gli ospiti erano stati riaccompagnati nelle loro stanze con candele e torce. «Alla radio dicono che potrebbero passare giorni prima che ripristino i collegamenti. Dobbiamo cercare di riattivare la corrente, ma sei tu l'unico che sa come far funzionare il generatore.»

«Devo sorvegliare queste canaglie» replicò Jonathan.

«Ci pensiamo noi per un po'.» Kelly-Ann entrò nella stanza e dietro di lei vidi un paio di cuochi e di addetti alle pulizie.

«Magari non siamo abbastanza forti, ma siamo in parecchi: dovremmo essere in grado di tenerli a bada per un po'.»

«Bene.» Jonathan si alzò e indicò Heathcliff, Morrie e Quoth. «Porterò quei tre con me, e anche *voi...*» fece un cenno a Donna e Christina. «Potete venire anche voi e andare in bagno, visto che siete così disperate.»

Morrie mi baciò sulla testa mentre si alzava per andarsene. «Non preoccuparti, bellezza. Le cose torneranno alla normalità in men che non si dica. Abbiamo quasi risolto il caso.»

Sì, pensai cupa. *Potrebbe anche essere vero. Ma non so se voglio conoscere la risposta.*

Il personale entrò. Avevano un paio di vassoi con salumi, formaggio, cracker, della salsa piccante e alcune fette di pan di Spagna. Dovetti chiedere a uno di loro se poteva darmi un po' di formaggio e dei cracker, poiché al buio non riuscivo a fare da sola senza rischiare di toccare tutto il cibo.

«Ci penso io.» Kelly-Ann tagliò alcune fette di formaggio, aggiunse un po' di salsa e qualche fettina di roastbeef, e mise il tutto in un piatto davanti a me. Io diedi un pezzetto di carne a Oscar sotto il tavolo. Era stato così bravo per tutta la sera.

«Tu sei l'insegnante di arte?» le chiesi.

«Sì. Però non dovrei parlare con te.» Si allontanò da me. «Potresti essere l'assassina.»

«Ti garantisco che non lo sono. Però posso capire il tuo timore e non mi avvicinerò più di così. Volevo solo dirti che ho visto uno dei tuoi quadri nella nostra stanza. Non ci vedo molto, ma il tuo lavoro, soprattutto l'uso del colore, è così audace e vivido che mi ha colpito.»

«Grazie.»

«Allan si diverte a lavorare con te» aggiunsi con un sorriso, anche se avevo il cuore che mi batteva forte.

«Allan?»

«Sì, il mio amico Allan. È il ragazzo con i capelli lunghi, neri e lisci. Frequenta il tuo corso di arte. Ha dovuto saltare la sessione pomeridiana perché... perché avevo bisogno di lui, però questa sera era nello studio quando è saltata la corrente.»

«No. Non so chi sia. Ci sono solo tre studenti nella mia classe. Me li ricordo tutti e lui non è uno di loro.» Kelly-Ann scosse la testa. «In effetti, al corso si era iscritta anche un'altra persona, che però non si è mai presentata. Succede spesso. Sono stata nello studio tutta la sera ma non l'ho mai visto.»

Un brivido di panico mi percorse la schiena. «E non c'è un altro studio di pittura? Tipo, uno piccolo dove qualcuno possa lavorare senza essere visto?»

«No. A meno che non si parli dello studio di lavorazione dei metalli o della suite di ceramica.»

«Ma...» Non aveva alcun senso. Quoth era uscito quella mattina per andare a lezione di arte. E poi era tornato con gli abiti da lavoro sporchi di vernice.

Quoth non mi avrebbe mai mentito. *Mai.*

Peccato che quel giorno l'avesse fatto già una volta.

Visualizzai un'altra immagine: Quoth che entrava in volo dalla finestra della nostra stanza dopo che Morrie gli aveva raccontato quello che Hugh aveva detto di me. Un oggetto luccicante che gli penzolava dal becco.

La penna di Hugh.

Doveva essere quella. Aveva la forma di una penna.

Perché ce l'aveva Quoth?

Perché quando era saltata la corrente non era dove aveva detto di essere?

Ma cosa sta succedendo?

2I

Stai saltando alle conclusioni, mi dissi mentre mi scolavo il resto della cioccolata calda e mi leccavo la salsina dalle dita. *Non sei sicura che l'oggetto nel becco di Quoth fosse la penna. E anche se lo fosse stato, non avrebbero potuto organizzare un piano omicida così elaborato, perché non potevano sapere che sarebbe saltata la corrente.*

In realtà, quello era l'unico difetto nella nostra teoria: per compiere l'omicidio all'interno della stanza chiusa a chiave, l'assassino avrebbe dovuto agire al buio, quindi sapere che sarebbe saltata la corrente. Ma nessuno avrebbe potuto prevedere il temporale...

La porta sbatté ed entrò Heathcliff, seguito da Morrie e

Quoth, e infine da Christina, decisamente risollevata. Immaginai fosse andata al bagno.

Quando Heathcliff si sedette accanto a me e la cintura del suo accappatoio mi sfiorò la coscia, mi si agitò lo stomaco. Dovevo scoprire la verità. Ma come? Se i miei ragazzi avevano organizzato tutto ciò per incastrare uno degli scrittori presenti nella stanza, avevano fatto un ottimo lavoro.

«Ehi.» Charlie passò le mani sul tavolo. «La penna è sparita. Qualcuno ha distrutto l'unica prova che avrebbe potuto identificare l'assassino...»

«L'abbiamo portata nella biblioteca» spiegò Heathcliff. «Non volevo che fosse qui, dove dita sporche avrebbero potuto contaminarla.»

«E dove sono Jonathan e Donna?» chiese Charlie.

«Donna è in bagno e Jonathan è fuori, nel capannone della manutenzione, che cerca di ripristinare il guasto» replicò Heathcliff cupo. «La corrente non è saltata per il temporale. Qualcuno ha tagliato i fili. Jonathan sta cercando di sistemare il generatore, ma ci ha mandato qui a sorvegliarvi. Qualcuno voleva la Meddleworth House al buio.»

22

«**È** assurdo.» Vivianne si alzò in piedi mentre Morrie mandava via il personale dell'albergo. «Un conto è essere sorvegliati da Jonathan, un altro è che al comando ci sia uno dei fidanzati della sospettata. Se una delle persone in questa stanza è un assassino, deve aver avuto un complice fuori, che abbia staccato la corrente. Chiunque in questo hotel potrebbe essere coinvolto, e io non starò di certo qui a fare da bersaglio! Me ne vado.»

Si diresse verso la porta. Con mio grande stupore, Heathcliff si fece da parte e la lasciò passare.

«Qualcun altro che vuole scappare?» tuonò. «È la vostra occasione.»

«Ehi, aspetta un attimo.» Gli strattonai il braccio mentre il resto degli scrittori ci sfilava davanti per sparire da qualche parte, in giro per l'albergo. «Come puoi lasciare che se ne vadano tutti? Non possiamo permettere che l'assassino gironzoli allegramente.»

«Invece è proprio quello che vogliamo» borbottò lui.

«Ma perché non lo fermate?» Guardai Morrie e Quoth

mentre scuotevo il braccio di Heathcliff. «Che cosa state facendo?»

«Stiamo risolvendo l'omicidio, naturalmente.» Heathcliff incrociò le braccia. «Non c'è bisogno di ringraziarmi.»

«Non capisco. Avete lasciato liberi tutti i sospetti!»

A meno che, ovviamente, non sappiate che nessuno di loro è sospettato.

«Ho detto a tutti che ho rimesso la penna in biblioteca. Quella penna contiene le prove del DNA che servono alla polizia per condannare l'assassino. Chiunque sia il responsabile non si lascerà sfuggire l'opportunità di infilarsi di nascosto in biblioteca, rubarla e sbarazzarsene. E quando lo farà, lo prenderemo.»

Lo guardai sbigottito. «Voi... avete organizzato una trappola? È pericoloso. E se l'assassino va di sopra e fa del male a uno degli ospiti?»

«Tranquilla, bellezza» disse Morrie. «Conosco gli assassini, e il nostro ha organizzato tutto con grande cura e attenzione, per essere sicuro di farla franca. Non perderà questa opportunità per sbarazzarsi della penna.»

«Io e Morrie li inseguiamo.» Heathcliff attraversò la stanza fino a uno stemma araldico da cui strappò due spade antiche. Ne lanciò una a Morrie, che la afferrò con la grazia di uno schermidore esperto. «Dobbiamo andare subito se vogliamo prenderli di sorpresa. Tu resta qui con Quoth. Non ti voglio vicina all'assassino.»

Ero troppo sbalordita e infuriata per ribattere. Nella stanza scese il silenzio quando si chiusero la porta alle spalle, e io e Quoth rimanemmo lì da soli, al buio.

La fiamma delle candele sul tavolo tremolava, proiettando ombre inquietanti sulla cascata di capelli corvini di Quoth.

«Stai bene?» chiese con quella sua voce gentile e roca. «Non deve essere bello essere accusati di omicidio, soprattutto perché non è la prima volta. Ma se Heathcliff e Morrie riusciranno a catturare il vero assassino, ne uscirai pulita.»

«Gli altri scrittori hanno tutto il diritto di accusarmi» dissi. «Il mio movente è forte almeno quanto quello degli altri. Hugh era un tipo piuttosto immorale.»

«Non credo che nessuno piangerà per la sua morte.»

«No, ma solo perché qualcuno è terribile non significa che sia giusto ucciderlo. Non sei d'accordo?»

Fu la mia immaginazione o Quoth si era leggermente irrigidito? «Certo. È rimasto del formaggio?»

«Quoth...» mormorai. Avevo bisogno di sapere la verità, e sapevo che sarei riuscita a convincerlo a dirmela. «So che oggi non sei andato a lezione di arte.»

Si bloccò, la mano in bilico sul piatto.

«Ho parlato con Kelly-Ann e mi ha detto che non ci sei *mai* andato.» Cercai di toccargli la mano, ma lui la allontanò da me. «Dove sei stato? Perché mi hai mentito?»

Si ingobbì, i capelli che gli ricadevano sul viso, come una cortina che gli nascondeva gli occhi. «Ero imbarazzato. Mi dispiace, Mina. Sono andato a parlare di nuovo con i corvi. Sto cercando di trovare un modo per liberarli. Ho chiesto a Donna, e lei mi ha detto che gli ospiti non li volevano intorno ai tavoli mentre mangiavano...»

Le parole di Quoth furono interrotte da un urlo straziante.

«Scattai in piedi. «L'assassino sta colpendo ancora!»

23

Seguimmo le urla fino all'ingresso, ma all'improvviso si interruppero e noi rimanemmo a fissarci, senza sapere dove andare.

«Controlliamo in biblioteca» suggerì Quoth preoccupato.

Corremmo lungo il corridoio tortuoso. Le zampette di Oscar grattavano le piastrelle, al ritmo del mio cuore. Quoth spalancò la porta della biblioteca. Il fuoco era ormai spento ed erano rimaste solo le braci, che per fortuna non illuminavano più di tanto il cadavere di Hugh accasciato accanto al caminetto. La stanza sembrava vuota, ma io sapevo.

«Che cosa è successo?» gridai. «Chi avete ucciso adesso?»

«Ma cosa stai dicendo?» borbottò Heathcliff nascosto, ma non particolarmente bene, dietro le tende.

«Qui non è entrato nessuno.» Morrie dispiegò il suo lungo corpo da dietro la pendola e si mise davanti al fuoco. «E poi, cosa vuoi dire con chi abbiamo ucciso *adesso*?»

Ignorai la domanda. «Quindi l'urlo non proveniva da questa stanza?»

«No. Deve essere stato dall'altra parte della casa, o fuori.»

«Mina, stai bene?» Quoth mi strinse la mano.

Mi sentii invasa da una fredda determinazione. *Devo scoprire la verità, anche se non sarà quella che vorrò sentire.*

Attraversai la stanza e andai a chiudere la porta, sbattendola. «Dobbiamo parlare.»

24

Quoth mi prese per mano e tirò me e Oscar dall'altra parte della stanza, così che tutti fummo vicino al fuoco, dove sapeva che sarei riuscita a vedere qualcosa. Mi si avvicinò, con il volto cupo per la preoccupazione. «Mina, di cosa si tratta?»

«Si tratta di...» Deglutii. «Voi, noi. Quello che è successo questo fine settimana.»

«Se ti riferisci a quello che abbiamo fatto io e Heathcliff stamattina, ti avremmo invitato volentieri, bellezza, ma tu eri fuori con l'uccellino...»

«No, non si tratta di quello.» Strizzai gli occhi. Non potevo sopportare di guardarli. «Ho messo insieme i vari indizi e... tutto torna.»

«Che cosa torna?» Quoth mi strinse le dita così forte da farmi un po' male. «Mina, mi stai spaventando.»

«Ditemi solo una cosa... di cosa stavate parlando quando la collaboratrice di Donna vi ha sorpreso a bisbigliare tutti e tre nel ripostiglio della biancheria? Ditemi di cosa stavate discutendo, e io mi ritiro e vi lascio continuare la vostra caccia all'assassino.»

Nessuno parlò. Avevo lo stomaco che mi si rovesciava. Aprii un occhio. Il cielo fu attraversato dal bagliore di un lampo e vidi i tre che si scambiavano un lungo, significativo sguardo.

«Secondo te cosa stavamo facendo?» chiese Heathcliff in tono leggermente accusatorio. «Stavamo discutendo del mio sfogo. Morrie mi stava consigliando dei corsi di gestione della rabbia.»

«Conosco un tizio eccellente a Londra» confermò Morrie. «È stato meraviglioso quando ho parlato con lui dopo essere arrivato in questo mondo con un'insaziabile sete di vendetta.»

Le loro parole sembravano così plausibili. Ma io sapevo. Heathcliff non avrebbe *mai* parlato dei suoi problemi di gestione della rabbia, *soprattutto* non con Morrie. Non si pentiva di aver fatto del male a Hugh, perché Hugh aveva fatto del male a me, e Heathcliff non lo avrebbe mai sopportato. Aveva un'energia da vero eroe dark del tipo "toccala e muori".

Ed era stato proprio quello a portarci fino a lì. "Toccala e muori" poteva essere un tema divertente e sexy per un romanzo d'amore, ma nella vita reale era pura follia, era inquietante e *illegale.*

«È una bugia, e lo sai. Voi tre avete cospirato per uccidere Hugh, non è vero?»

«Co... cosa?» balbettò Quoth.

«Oh, bellezza.» Le labbra di Morrie si tesero di nuovo nel suo caratteristico sorrisetto.

«Pensi che siamo stati noi a uccidere quel bastardo?» chiese Heathcliff lanciandomi uno sguardo torvo.

Si girò e infilzò la spada nel muro, dove rimase conficcata, tremolando sulla lama sottile. Heathcliff sollevò le spalle, spaventato.

«Non è questo che stavate minacciando di fare? Non è per questo che ora vi state nascondendo tutti in biblioteca e che avete distrutto la penna con la scusa di catturare l'assassino?

State cercando di trovare il modo per coprire quello che avete fatto, per incastrare uno degli altri autori.»

Strizzai di nuovo gli occhi. Non potevo sopportare di fissare gli occhi di Quoth mentre dicevo quelle cose. Non ci credevo. Non potevo. Eppure...

Dovevo essere forte. Dovevo seguire quello che mi dicevano le prove.

«Già Hugh non vi piaceva per quello che mi aveva detto alla cerimonia di apertura. Magari avevate anche escogitato qualcosa per punirlo. E poi, appena Heathcliff l'ha sentito in biblioteca, è andato su tutte le furie. Quando avete capito che non potevate ucciderlo davanti a tutti quei testimoni, vi siete riuniti in gran segreto e avete deciso di prendere l'iniziativa.»

«Continua, bellezza» mormorò dolce Morrie. «Sono curioso di sapere come abbiamo escogitato l'assassinio di qualcuno che stava dentro una stanza chiusa a chiave.»

«È davvero brillante, davvero. Da voi tre non mi sarei aspettata niente di meno. Prima siete saliti, uno alla volta, e mi avete raccontato che vi eravate scambiati dei messaggi, così non avrei sospettato di voi. Poi avete mandato Quoth a rubare la penna di Hugh, che infatti aveva in bocca quando è arrivato nella nostra stanza. È di questo che stava parlando prima di vedermi. "Dopo tutto quello che ho passato per averla". È così che hai detto, no?» dissi rivolta a Quoth.

«Sì» rispose mesto.

«E poi, Heathcliff e Morrie hanno fatto finta di andare al centro benessere, mentre Quoth è rimasto con me. Peccato che, quando sei uscito a prendermi qualcosa da mangiare, in realtà sei andato dagli altri, e Morrie ti ha restituito la penna che aveva riempito di cianuro preso dalla scorta nella fucina del fabbro. Sapevi dai bollettini meteorologici di Jonathan che il temporale sarebbe peggiorato, e Donna ti aveva detto che da quel momento in poi le lezioni si sarebbero svolte in una stanza chiusa a chiave. Così avete aspettato che tutti gli scrittori fossero riuniti per la sessione di critica, poi Heathcliff o Morrie hanno staccato la corrente e Quoth si è intrufolato dalla presa d'aria del riscaldamento, ha fatto quello che doveva fare con la penna ed è sparito di nuovo dalla stessa presa d'aria prima che qualcuno se ne accorgesse. Sapevate che la polizia non sarebbe mai riuscita a beccarvi, perché era assolutamente impossibile che un essere umano potesse entrare e uscire dalla stanza, e immagino abbiate anche pensato che difficilmente avrebbero sospettato della ragazza cieca. Ed è tutto geniale, davvero, e sono così grata che vi siate sentiti così coinvolti... ma avete *ucciso* qualcuno. Giusto? Vi prego, ditemi che mi sbaglio.»

Nessuno parlò.

«Allora?» Li guardai uno per uno. «Dite qualcosa!»

Morrie buttò a terra la spada.

E scoppiò a ridere.

«Non credo che sia divertente» commentò Heathcliff. «Mina sospetta che siamo capaci di uccidere.»

«Ovvio. Mina non è una sciocca. Ha messo insieme tutti gli indizi e ha trovato la spiegazione più logica. E ci conosce meglio di chiunque altro, persino meglio di quanto ci conosciamo noi stessi. Ci ha amati nei libri molto prima di amarci nella vita reale. Io sono il Napoleone del crimine. Quoth è un presagio di morte. E tu... tu che un tempo sei stato portato alla pazzia dal tuo amore, puoi dire in tutta onestà che non uccideresti per questa donna?» Morrie mi toccò la spalla con una tenerezza così sorprendente che il mio cuore ebbe un tuffo. Poi continuò a redarguire Heathcliff. «Quando ti sei imbucato in questa stanza l'altro giorno, non avevi in mente di ficcare la testa di Hugh Briston nel fuoco e goderti le sue urla? Ho letto il tuo romanzo, e il tuo coinvolgimento nella morte di Hindley è sempre stato ambiguo...»

«Basta.» Alzai una mano. Non volevo sentire altro. Avevo le

lacrime che mi rigavano le guance. «Ho bisogno di sapere la verità. L'avete fatto? Avete ucciso per me?»

Quoth si protese verso di me, le dita sospese nell'aria, esitante, incerto se toccarmi o no. Nemmeno io sapevo se volevo sentire il suo tocco.

«Certo che no» sussurrò. «Morrie ha ragione. Tutti noi avremmo ucciso per te. Ma tu non avevi bisogno della nostra iniziativa. Eri davvero determinata a gestire Hugh da sola, Mina. Sei così forte che non hai bisogno che arriviamo noi a farti da cavalieri oscuri e facciamo sparire tutti i tuoi problemi.»

Tirai su con il naso. Mi sentii sollevata. Ora erano lacrime di sollievo, grosse e pesanti. Non erano stati loro. Non avevano ucciso loro Hugh.

Allora perché l'incontro segreto nel ripostiglio della lavanderia e quell'oggetto nella bocca di Quoth?

«Però hai ragione.» Gli occhi di Quoth, cerchiati di fuoco, mi fissarono. «Ti abbiamo nascosto qualcosa.»

«Avremmo dovuto sapere che non era il caso di cercare di tenerti nascosto un segreto» aggiunse Morrie.

Il cuore mi batteva forte. «Quale segreto?»

Quoth fece un passo indietro. Si scambiò un'occhiata con gli altri due e tra loro si svolse una conversazione muta.

Morrie annuì.

Heathcliff annuì.

Cosa sta succedendo?

Quoth tirò fuori una cosa dalla tasca.

Tutti e tre si inginocchiarono intorno a me.

Lo stomaco mi finì sotto i tacchi.

«Mina.» Quoth prese una mia mano nella sua, portandosela al viso ma senza baciarla. Le sue dita tremavano nelle mie. Morrie e Heathcliff posero ciascuno una mano sulla sua e tutti e tre mi guardarono con tanto amore, speranza e adorazione che mi ritrovai del tutto incapace di parlare. «Vuoi sposarci?»

25

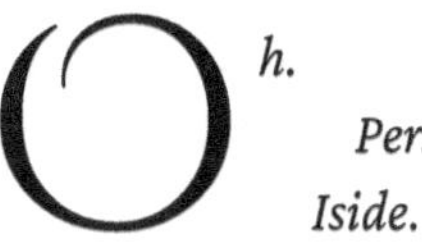 *h.*
Per.
Iside.

Una proposta.

Mi stanno facendo una proposta di matrimonio.

Con la mano libera, Quoth estrasse qualcosa dalla tasca e la appoggiò nella mia mano. Era un sacchetto di velluto dorato e lucido, con un cordoncino. «Aprilo» mi esortò. «È quello che avevo messo nella cassaforte della nostra stanza e che oggi mi hai visto portare nel becco. L'ho finito poco prima dell'omicidio.»

Lasciai cadere il guinzaglio di Oscar e infilai le dita nel sacchetto, da cui estrassi un oggetto metallico che tenni nel palmo della mano.

Un anello.

Un *anello.*

Lo sollevai davanti alla luce del fuoco e ci passai sopra le dita. Sentii la fascia di metallo ritorta e le diverse texture. Vi erano incastonate quattro pietre scintillanti, come frutti appesi ai rami di un albero nodoso.

«Ma... ma cos'è questo?»

«Pensavo fosse ovvio. È un anello di fidanzamento. Ho preso le pietre che aveva Morrie e ci ho fatto questo.» Quoth sorrise timido. «Quando ho visto sulla brochure della Meddleworth che avevano un corso di gioielleria, ho avuto questa idea e l'ho detto a Heathcliff e Morrie. Ecco perché Kelly-Ann non mi ha visto nel suo atelier: ti avevo detto che mi ero iscritto a un corso di pittura, ma in realtà sono stato tutto il tempo in officina a fare questo.»

Il mio respiro si fece affannoso mentre toccavo le varie pietre, una per una. Un raro diamante arancione che brillava come fuoco dove catturava la luce, proprio come gli occhi di Quoth. Uno zaffiro freddo e limpido come il ghiaccio per Morrie, e un onice, di un nero profondo e ipnotico come Heathcliff. E per me, uno smeraldo brillante: le sfaccettature che danzavano alla luce del fuoco mi creavano prismi arcobaleno sulla pelle.

«Ci abbiamo pensato a lungo.» Un fulmine squarciò il cielo e illuminò i bordi degli occhi scuri di Heathcliff che bruciavano nei miei. «Ma ogni volta che pensavamo di aver escogitato un piano, tua madre ci interrompeva con uno dei suoi business, oppure arrivava la signora Ellis che ci chiedeva aiuto alla serata del bingo del villaggio, o veniva assassinato qualcuno, oppure un dispettoso folletto shakespeariano ti rubava le pantofole.»

«Quando sei stata invitata alla Meddleworth ed eri così entusiasta della tua opera, abbiamo pensato che sarebbe stata l'occasione perfetta: lontano da Argleton, dal negozio e tutti quegli omicidi» aggiunse Morrie con una risata. «Ovviamente, era inutile sperare di non trovare un omicidio anche qui.»

«Ma in un certo senso è perfetto così» commentò Quoth.

«Molto in tono con tutto il resto» aggiunse Heathcliff con un piccolo, meraviglioso sorriso.

«Ma...» Girai e rigirai l'anello. Era assolutamente perfetto. «Ma non possiamo sposarci... legalmente, intendo...»

«L'ho già detto, non esiste che una puritana legge matrimoniale ci tenga separati» dichiarò Morrie. «Noi quattro siamo scritti nelle stelle.»

«Mina Wilde non fa mai le cose in modo normale» aggiunse Heathcliff. «E soprattutto non fa le cose in modo *legale*. Non quando è in gioco l'amore.»

«Noi siamo pronti a fare un proclama selvaggio, folle e rock 'n' roll!» esclamò Quoth. «E tu, cosa ne pensi?»

Li studiai uno per uno, a turno. Heathcliff con quelle enormi spalle ingobbite e tese. Quoth, con la bocca incurvata in un'espressione che mi faceva sciogliere il cuore, mentre aspettava la mia risposta. Morrie, che giocherellava con un filo del polsino e aveva perso il suo solito sorrisetto. Si mordicchiava un labbro.

Era nervoso.

James Moriarty, il ragno al centro di una vasta tela criminale, la più grande mente criminale mai concepita, era *nervoso*.

«Allora?» chiese Heathcliff, con la voce piena di emozione. «Vuoi?»

«Lo voglio?»

«Vuoi fare di noi gli uomini più felici di questo mondo, e di tutti i mondi che i grandi scrittori di quest'epoca potrebbero inventare, e sposarci, Mina Wilde?»

26

Non riuscivo più a tenere aperti gli occhi. Avevo bisogno di smettere per un attimo di guardare le loro facce trepidanti, di poter riposare nella quiete della penombra e chiedermi se lo volevo.

Li amavo da morire, ma quello... quello era un impegno grande, che richiedeva coraggio. Era una cosa *per sempre*.

Strinsi l'anello tra le dita.

Tirai un respiro profondo.

Riaprii gli occhi.

«Mi piacerebbe essere vostra moglie.»

«Oh, grazie al cielo» mormorò Heathcliff.

Le dita di Quoth tremavano mentre mi infilava l'anello al dito. Era perfetto. Lo sollevai, girandolo di qua e di là, per ammirare il modo in cui le gemme scintillavano. Una per ciascuno di noi, ma tutte insieme per creare un tutt'uno.

«Morrie voleva che facessi quattro anelli uguali» mi spiegò Quoth. «Ma io ho deciso che le pietre dovevano stare tutte insieme, perché tu sei il nostro centro. È vero che ciò che ci ha reso corporei è stata la Libreria Nevermore, ma sei tu che ci hai dato qualcosa per cui vivere quando sei arrivata. Tu hai il nostro cuore, Mina, e passeremo ogni momento di ogni giorno a trattarti come l'eroina di un romanzo d'amore.»

Mi scesero delle lacrime.

Mi chinai in avanti e gli misi le braccia intorno al collo. Lui mi tirò a sé, le lunghe dita che mi sfiorarono i fianchi prima di afferrarmi stretta. «Anche voi avete il mio cuore» gli sussurrai. «Per sempre.»

Mi baciò, con tutto il tenero amore di cui Poe aveva scritto in un modo tanto doloroso. Mi baciò come fosse stato una spiaggia spazzata dal vento e una casa diroccata su una scogliera, come tutte le cose belle e oscure che tenevano unite le nostre anime.

Quando Quoth si allontanò, il suo volto si illuminò di un sorriso di pura adorazione.

Non lo vedevo sorridere così da molto, molto tempo.

Una mano forte mi strinse la vita. Quoth si allontanò mentre Morrie mi faceva girare, portando il mio petto a contatto con il suo. I suoi intensi occhi di ghiaccio affondarono nei miei, brillando alla luce dei lampi che illuminavano il cielo. «Sei sicura di non fare un grosso errore, bellezza? Nessuno che abbia mai amato Moriarty è sopravvissuto per raccontarlo.»

«Come no?» risposi sorridendo. «Sherlock vive in un appartamento sopra un negozio di fish and chips a Chelsea.»

Morrie fece una risatina cupa. Si sporse in avanti e mi sfiorò le labbra con un bacio leggero che mi rubò il fiato e che prometteva tante altre avventure future.

Heathcliff scacciò via Morrie e mi prese tra le sue forti braccia. Le sue labbra trovarono le mie, e mi travolsero con la pura forza possessiva del suo amore.

Sapevo, al di là di ogni ragionevole dubbio, di aver preso la decisione giusta. Volevo quella cosa, con loro tre, per il resto della mia vita.

Il bacio di Heathcliff si fece più profondo, passando in pochi istanti da possessivo a disperato. Mi spinse contro il muro. Affondò la lingua tra le mie labbra, divorandomi, facendomi sua.

«Che ne dite?» chiese con voce roca. «Dovremmo fare urlare di piacere la nostra fidanzata in questa terribile e bellissima tempesta?»

«Qui in biblioteca? Potrebbe entrare chiunque, e ci vedrebbero. Non avevate preparato questa trappola per l'assassino?»

«Potremmo chiudere a chiave.» Morrie apparve al fianco di Heathcliff in un battibaleno. «In fondo, il colpevole non si è ancora fatto vivo. Forse è stato messo alle strette da Charlie ed è stato costretto ad ascoltare la storia di ogni omicidio che ha risolto in trentatré anni di servizio.»

«E il... ehm, il cadavere di Hugh Briston...»

«Ti faremo dimenticare della sua esistenza.» Morrie si inginocchiò sul tappeto davanti a me. Heathcliff si spostò un po' indietro, con le braccia ancora strette intorno a me, mentre le lunghe dita di Morrie ci misero un istante a sbottonarmi i pantaloni. Io cercai tastoni la cintura dell'accappatoio di Heathcliff e lo aprii, accarezzandolo da sopra i boxer.

I miei fidanzati. Non mi stancherò mai di chiamarli così.

Morrie emise un suono deliziato mentre mi scostava le mutandine. Mi infilò la lingua tra le gambe e, che fosse maledetto da Iside, aveva ragione. Era così che ci si riduceva a essere fidanzata con tre malvagi. Sapevo che Hugh era *lì*, ma non riuscivo a pensare a nulla se non al piacere che mi scorreva nelle vene e al fatto che quegli uomini che mi stavano infilando la lingua in gola e tra le gambe sarebbero stati i miei mariti...

Gridai quando il muro alle mie spalle cedette e noi crollammo all'indietro, nel buio.

27

«Argh!» urlai e la mia schiena andò a sbattere contro il pavimento duro.

Heathcliff imprecò mentre mi crollava addosso, togliendomi tutto il fiato dai polmoni.

«Tutto bene?» Mi aiutò a mettermi in ginocchio, passandomi una mano sulla schiena mentre tossivo.

«Credo di essermi ingoiata la lingua...» Allungai una mano e Heathcliff e Morrie mi aiutarono a rimettermi in piedi. «Sto bene. Ma cosa è successo?»

«Heathcliff stava monopolizzando la nostra fidanzata, così avevo affondato la lingua dentro di te per rivendicare il mio diritto» disse Morrie. «E il muro dietro di te ha ceduto.»

Questo spiega come sono caduta all'indietro, ma non capisco come un muro solido possa cedere in quel modo...

Guardai la parete, ma riuscii a vedere solo un rettangolo scuro al posto dei pannelli di legno e di un banale dipinto di una barca a vela. Quoth si infilò in quell'oscurità, poi ne uscì di nuovo.

«È un passaggio segreto» disse, con voce grave. «Il muro ha una apertura a molla. Va da qui fino a dietro l'angolo. All'altra estremità c'è un'altra molla: credo che la porta si apra sul corridoio che conduce alla cucina, ma dall'altra parte sembra essere chiusa. È piuttosto larga, più di quanto ci si aspetterebbe per un passaggio segreto.»

«So cos'è» disse Morrie. «È un passaggio per la servitù.»

«Un cosa?»

«Un tempo nelle dimore signorili venivano costruiti passaggi come questo in modo che il personale entrasse e uscisse dalle stanze senza dover incrociare gli ospiti. È largo perché così il personale di cucina poteva portare i vassoi di cibo in questa stanza senza fare il giro lungo e passare davanti agli ospiti che socializzavano nel corridoio.»

«Che forte.» Quoth scomparve di nuovo all'interno.

«È anche un indizio importante» dissi, con il cuore che mi batteva forte. «Se questo passaggio conduce all'esterno, significa che qualcun altro potrebbe essersi intrufolato nella stanza e aver ucciso Hugh.»

28

Accalcati intorno all'ingresso del corridoio della servitù, riflettemmo sul significato di quella nuova scoperta.

«Finora ogni parte della nostra indagine è stata costruita sul presupposto che solo gli scrittori, radunati nella stanza, avrebbero potuto commettere il crimine.» Morrie lo disse con la sua voce da "sto facendo pensieri profondi". Non lo vedevo, ma sapevo che si stava strofinando il mento. «Non abbiamo mai pensato a come qualcuno dall'esterno sarebbe potuto entrare e uscire di nuovo senza essere visto.»

«Mina ci ha pensato invece» gli ricordò Heathcliff, ma nella sua voce non c'era alcun cenno di rabbia. «Lei ha pensato che siamo stati *noi*.»

«Mina è più intelligente di tutti noi. Questo passaggio apre una serie di nuove possibilità. Chiunque (personale o ospiti del lodge) avrebbe potuto compiere l'azione.»

«Ma chi?» chiese Quoth. «Qualcuno dello staff aveva un movente per uccidere Hugh?»

«Sono anni che viene qui per questi maledetti ritiri» ragionò Heathcliff. «Con la sua affascinante personalità avrà di sicuro messo in difficoltà qualcuno.»

«È un cretino, ma non si uccidono le persone perché sono sgradevoli» commentò Morrie. «Beh, la maggior parte delle persone non lo fa. Io ho smesso. A volte.»

«È improbabile che un ospite sapesse di questo passaggio» commentai. «Ed è strano che Donna non ce ne abbia parlato, visto che è lei la proprietaria della dimora. Se ci avesse detto della porta, non l'avremmo considerata uno dei sospettati.»

«Forse non ne sapeva nulla» suggerì Quoth. «Non dimentichiamo che alla prima occasione ha abbandonato la casa per trasferirsi a Londra. A parte alcune impronte sul pavimento, la galleria è piuttosto polverosa. Non credo che nessuno la usi da decenni, il che significa che solo chi era al corrente della storia della casa poteva esserne a conoscenza...»

Oh Hathor, oh no...

I vari indizi si riposizionarono nel mio cervello, spostandosi per incastrarsi al posto giusto della mia terribile teoria. Mi voltai verso i ragazzi, che stavano ancora valutando tutti sospetti.

«Donna ha scritto quel libro sulla storia della Meddleworth!» disse Heathcliff. «Lei doveva saperlo per forza.»

«Non credo sia stata lei» disse Morrie. «Deve essere un altro membro del personale, qualcuno che è a conoscenza di questo tipo di segreti sulla dimora...»

«Sappiamo che Hugh aveva un debole per le giovani donne» sottolineò Quoth. «Forse ha provato a fare qualcosa con una delle donne delle pulizie o del personale di cucina e lei ha deciso di dargli una lezione?»

«So chi è stato.» Mi voltai verso i ragazzi. «So chi è l'assassino. Ce l'abbiamo avuto davanti per tutto il tempo. È Jonathan.»

29

Deve essere così. Tutto quadra.

Più ci pensavo, più ero sicura di avere trovato il nostro malvagio.

«Come hai fatto a capirlo, bellezza?» mi chiese Morrie, pieno di stupore.

«Jonathan deve aver preso la penna quando è entrato per staccare Heathcliff da Hugh» spiegai. «In quel caos, deve essere riuscito a mettersi in tasca la penna senza che nessuno se ne accorgesse. L'ha riempita con del cianuro preso dalla scorta nella fucina. Sapeva esattamente dove trovarlo. Poi, più tardi, ha tolto la corrente, è passato attraverso il passaggio, ha colpito Hugh alla gola con la penna ed è fuggito senza che nessuno di noi lo notasse nel buio.»

«Ma Jonathan stava cercando di aprire la porta» commentò Morrie. «L'hai sentito che ci sbatteva sopra.»

«No. Io ho sentito *Fergus* che batteva sulla porta» spiegai, la voce trafelata per l'eccitazione. Quella era stata la vera furbizia. «Quando ero andata in bagno, al momento dell'aperitivo, Fergus si è scagliato con tutto il suo peso contro la porta. Aveva sentito che nel box con me c'era Oscar e voleva prenderlo. Da dentro il bagno, l'impressione che ho avuto era stata proprio la stessa: una persona che cercava di sfondare la porta. Jonathan deve aver staccato la corrente, essere rientrato con Fergus e, dopo avermi detto qualcosa, ha lasciato che Fergus si scagliasse contro la porta mentre lui si infilava nel passaggio della servitù e uccideva Hugh.»

«Sembra tutto perfetto» commentò Morrie. «Tranne una cosa. Il movente. Quale ragione avrebbe avuto Jonathan per uccidere Hugh?»

«Sto ancora cercando di capirlo» dissi. «Ma credo che abbia a che fare con il libro che Donna ha scritto su questo posto. Per sua stessa ammissione, lei non stava quasi mai qui. Non le interessavano gli autori della cerchia dei suoi genitori. Stava a Londra. Jonathan, al contrario, ha lavorato qui per la maggior parte della sua vita e ama la Meddleworth House. Pensate a tutte le storie che ci ha raccontato mentre eravamo qui. Penso che potrebbe essere lui il vero autore del libro, ma non capisco perché...»

«Ben fatto, Mina Wilde.»

L'apparizione di una figura oscura nel passaggio segreto mi fece sussultare. Jonathan. Con Fergus al suo fianco, che ringhiava. Jonathan aveva tra le braccia qualcosa di enorme e pesante. Entrò nella stanza e chiuse la porta dietro di sé. «Mi chiedevo se l'avresti capito.»

30

Jonathan venne verso di noi. Istintivamente mi allontanai, premendo la schiena contro il petto di Heathcliff.

SBAM.

Il pesante oggetto cadde a terra dalle braccia di Jonathan. Morrie si precipitò in avanti, senza dubbio per prendere la sua spada, dato che quella di Heathcliff era incastrata nel muro e ormai inutilizzabile. Però, appena capì cosa Jonathan aveva portato tra le braccia, si irrigidì.

«Ma è Donna» commentò con voce ferma. «È morta? Ha il viso sporco di sangue. Cosa le hai fatto?»

«Non avvicinarti. Torna accanto agli altri.» Jonathan sollevò un braccio e Morrie si bloccò.

«Mina, ha una pistola in mano.» Morrie indietreggiò e si mise davanti a noi, facendo scudo a me e a Heathcliff. «E ha appena gettato a terra il corpo di Donna. Non riesco a capire se sia viva o no.»

«È ancora viva» disse Jonathan. «Per ora. Tutti voi, spostatevi al centro della stanza, vicini a Hugh.»

Bofonchiando a bassa voce, Heathcliff abbassò le mani e strinse i lembi dell'accappatoio per evitare che si aprissero.

Sarebbe stato divertente, se non fosse stato per il terrore che avevo. Anche se non vedevo la pistola, la percepivo: la freddezza della canna risucchiava tutta la vita dalla stanza.

«Ho capito che eri una ragazza sveglia fin dal primo momento che ti ho vista, Mina Wilde» disse Jonathan indietreggiando verso il passaggio, seguito da Fergus. «Non volevo farvi del male. Se foste rimasti in sala da pranzo, sarebbe andato tutto bene. Invece avete dovuto scoprire il passaggio e rovinare tutto.»

«Jonathan, non so cosa stia succedendo» commentai. «Ma credo di aver capito qualcosa. Tu hai scritto il libro che Donna spacciava per suo. Era la *tua* storia. La tua lettera d'amore alla Meddleworth House.»

«Sì, era il libro di mio padre. Quando lavorava qui, ha studiato i libri di storia della biblioteca, e ha raccolto dettagli per ricostruire la storia della casa e dei terreni circostanti. Io ho aggiunto materiale ai suoi racconti, ho verificato i fatti, ho inserito date e nomi. Ho lavorato al manoscritto in ogni momento libero che avevo, quando non ero impegnato con ospiti ingrati.» Fece un gesto brusco verso il corpo di Hugh ancora accasciato sulla sedia. «Il ritiro letterario annuale era il peggior evento in assoluto. Tutti questi intellettuali snob che parlavano a vanvera e Hugh Briston che spadroneggiava su tutti noi mentre palpeggiava le cameriere nello sgabuzzino. Volevo pubblicare un libro *vero*, un pezzo di storia, in modo che la gente capisse che questa casa aveva un significato, che doveva essere preservata e celebrata, e non diventare un covo di peccati o un *centro benessere*.» Pronunciò la parola con disprezzo.

«A dire il vero, l'impacco di fango è squisito» disse Morrie.

«Non sei di aiuto» sibilò Heathcliff.

«Ho scritto io quel manoscritto, fino all'ultima parola, verificando i fatti e le fonti nei vari volumi contenuti nella biblioteca. L'anno scorso, mentre Hugh stava preparando la sua prima conferenza, mi sono intrufolato e gliene ho parlato. Gli ho detto che avrebbe potuto darci un'occhiata se voleva una storia vera per la sua casa editrice. E sapete cosa ha fatto quel bastardo?» La voce di Jonathan era diventata tempestosa come il vento che ululava fuori. «Si è messo a ridere. Mi ha riso in faccia.»

Fergus ringhiò di nuovo, percependo la rabbia del suo padrone.

«Mi disse che non aveva nemmeno bisogno di guardare il libro per sapere che non avrebbe mai voluto pubblicarlo. Disse che a nessuno importava di un mucchio di pietre in mezzo al nulla.

«Ero così sconvolto che gettai il manoscritto nella spazzatura. Ma poi andai su Internet e sentii parlare di una cosa chiamata self-publishing, grazie al quale potevo far editare il libro da un professionista e poi pubblicarlo io stesso. Così ho pensato di provarci. Forse non sarebbe diventato un bestseller, ma avrei potuto offrirne una copia agli ospiti e magari guadagnare qualche soldo dopo essere andato in pensione. Ma quando sono andato a riprendermi il manoscritto, era scomparso. Non ne avevo fatto una copia e pensavo che fosse sparito per sempre. Donna, in seguito, ha dichiarato di aver scritto un libro. Ed era proprio il mio libro, solo che lei aveva tolto i capitoli di storia e li aveva sostituiti con sciocche storielle su scrittori e fantasmi. E ora, dato che Donna è carina e piacente, Hugh Briston vuole pubblicarlo. Ma tu come hai fatto a scoprirlo?»

«Anche io voglio saperlo» si intromise Morrie. «Era difficile da indovinare, bellezza.»

«Non ho affatto tirato a indovinare» spiegai. «C'era qualcosa che mi tormentava. Donna mi aveva dato un paio di capitoli da leggere. Avevo notato che nel suo testo comparivano spesso gli stessi errori, per esempio la parola *pirla* invece di *perla*. Sono errori dovuti al fatto che ha dovuto usare un software di scansione OCR per avere il libro in formato digitale. Per creare un file il software scansiona la scrittura a mano e cerca di "indovinare" le lettere. A volte uso anche io un software del genere per scannerizzare i documenti in modo leggerli sul mio dispositivo Braille. Spesso si trovano errori sulle stesse lettere.»

«Esatto. Brava che te ne sei accorta» disse Jonathan. «Quando ho scoperto che doveva essere stata Donna a prendere il mio manoscritto, lei lo aveva già riempito di porcherie sulla sua infanzia e sugli eventi con gli autori e aveva siglato l'accordo con Hugh. Le ho parlato, ma mi ha detto che se avessi detto una parola a qualcuno, mi avrebbe licenziato e non avrei mai più potuto mettere piede nella tenuta.» Gli tremava la voce per l'emozione. «Mio padre è sepolto qui, in una tomba in cima alla collina. Non posso lasciarlo. Non posso lasciare questo posto. Non aveva nessun diritto di portarmelo via.»

«Ma perché uccidere Hugh?» chiese Quoth. «È stata Donna a rubarti il manoscritto.»

Jonathan sbuffò. «Hugh non aveva alcun rispetto per la Meddleworth House. La trattava come il suo parco giochi personale. Quando gli ho consegnato il libro, non ha nemmeno voluto guardarlo. Poi, invece, appena ha visto una bella gonna, ha cambiato subito idea. E quindi doveva sparire. Pensavo di aver escogitato il piano perfetto: avrei ucciso Hugh e mandato all'aria i piani di Donna di diventare ricca con il mio libro. Nessuno dei suoi eleganti clienti londinesi sarebbe più stato attratto da un centro benessere dove c'era stato un brutale assassino. No, Donna sarebbe stata costretta a lasciare la Meddleworth nelle mani di qualcuno che sapeva come prendersene cura.»

«Qualcuno come te, magari...» mormorai.

«Esatto. Io avrei saputo dare a questa tenuta la cura che

merita. Avrei eliminato quello squallido centro benessere, avrei messo in libertà i corvi e avrei riportato i terreni al loro splendore. E così ho escogitato il mio piano. Il temporale mi ha dato la scusa perfetta e quando Donna ha annunciato che avrebbe chiuso a chiave la stanza, tutto è diventato ancora più perfetto. Hugh Briston aveva infangato il nome della Meddleworth e doveva morire. Avreste dovuto vedere la sua faccia quando mi ha visto davanti a sé. Era sorpreso... da morire.»

Donna gemette.

Il mio cuore ebbe un tuffo. *Almeno è viva.*

Ma per quanto tempo?

Che cosa facciamo?

Con quella pistola puntata contro, qualsiasi ipotesi mi venisse in mente non poteva funzionare.

È questo il momento in cui moriamo tutti?

Jonathan continuò. «E uno degli autori sarebbe stato incastrato per l'omicidio. Non mi importava molto chi. Sono tutti uguali, vengono qui ogni anno con la loro boria e la loro disperazione, si aggrappano a ogni parola detta da quell'uomo terribile come se fosse un dio, trattano me e gli altri collaboratori come se non potessimo capire le loro alte conversazioni letterarie.

«E poi voi avete deciso di giocare a fare i detective. All'inizio è filato tutto liscio, tutti gli autori bisticciavano e si accusavano a vicenda, come avevo previsto. Ma poi ho capito che vi stavate avvicinando a capire cosa era successo. Non avevo previsto che Mina Wilde e i suoi tre fidanzati avrebbero risolto il caso. Lo sciocco Fergus mi ha tradito.» Scavalcò il corpo prono di Donna e avanzò verso di noi. «Ma ora, mi resta un problema. Cosa devo fare esattamente di voi quattro?»

31

«Non farai proprio nulla» borbottò Heathcliff furioso. Lui e Morrie si lanciarono in avanti, puntando a Jonathan, nella speranza che l'attacco combinato l'avrebbe colto di sorpresa.

«No!» gridai. Jonathan avrebbe sparato, colpendo uno di loro...

Invece, con mio grande stupore, Jonathan non sparò. Attraversò di corsa la stanza e uscì dalla porta principale, con Fergus che guaiva mentre se lo tirava dietro. Heathcliff si tuffò verso alla porta, ma Jonathan se la chiuse alle spalle. Sentii uno scatto e capii che l'aveva chiusa a chiave.

«Mi dispiace fare questo a persone così gentili!» urlò attraverso il muro, e pensai che fosse davvero dispiaciuto. «Ma non posso permettervi di spifferare tutto alla polizia. Deve essere fatto tutto a modo, capite?»

Heathcliff batté un pugno sulla porta. «Facci uscire subito da questa stanza!»

«Non si può, temo. Puoi infuriarti quanto vuoi, ma tra qualche minuto non sentirai più nulla.»

Mi si gelò il sangue nelle vene.

Di cosa sta parlando?

«Non preoccupatevi, è un modo sereno per andarsene. Ho incanalato il gas del riscaldamento nelle vecchie bocchette della stanza. Succede spesso nelle vecchie case come questa: una perdita di gas passa inosservata finché qualcuno non chiude la porta. Ho chiuso per bene il passaggio segreto, in modo che non possiate fuggire. Quando arriverà la polizia, sarà troppo tardi.»

32

«Ci soffocherà!» esclamai senza fiato.

Calde braccia mi avvolsero mentre Morrie mi stringeva al petto. Heathcliff continuava a battere alla porta, urlando nella speranza che uno degli ospiti o del personale ci sentisse, ma immaginai che Jonathan avesse trovato un modo per tenerli tutti lontani da quella parte della dimora.

Non voglio uscire di scena in questo modo. Non voglio morire.

«Donna, mi senti?» Quoth si chinò sul suo corpo disteso, per cercare di svegliarla. «È inutile. Non si sveglia.»

Nel corridoio, Jonathan fece un fischio per richiamare Fergus, e lui abbaiò.

Sentii i polmoni contrarsi. Da quanto tempo stava pompando gas nella stanza? Probabilmente da quando era uscito. O forse anche da prima.

Quanto tempo ci rimaneva?

Heathcliff si avvicinò alle finestre, e batté un pugno contro il vetro. «Qualche bastardo ha ricoperto i vetri con delle sbarre di sicurezza» disse a denti stretti. «Non usciremo da qui.»

Morrie mi tirò dall'altra parte della stanza. Cercò di riaprire il passaggio segreto, ma non so cosa avesse fatto Jonathan: era sigillato. Raccolse la spada da dove l'aveva gettata sul tappeto. «Posso provare a usare questa per sfondare il muro, ma non abbiamo molto tempo.»

«Io voto per spaccare tutto.»

Morrie colpì il muro con l'elsa della spada. Io tossi poiché mi entrò della polvere di gesso nel naso. O erano le mie vie respiratorie che si riempivano di gas?

Stoviglie e pasticcini finirono a terra mentre Heathcliff buttava giù dal tavolo i resti del buffet. Sollevò il pesante tavolo di legno da terra e lo scagliò contro la porta principale. Il legno si incrinò e si scheggiò, ma non si aprì nessuna via di fuga.

Mi sentivo la testa incredibilmente leggera, come se fosse pronta a staccarsi dal collo e allontanarsi dal mio corpo. Morrie buttò la spada, afferrò una statua da una mensola vicina e la scagliò contro il muro. Ma era troppo lento, le sue membra nuotavano nell'aria fatta di sciroppo dorato. Era tutto troppo lento.

Cercai di parlare, ma le parole erano spaghetti mosci che mi scivolavano tra le dita.

Quoth lasciò cadere la mano di Donna. «Mina...» rantolò. «Non riesco a respirare...»

Quoth. Il mio bellissimo Quoth. Non riuscivo a credere di averlo sospettato di essere un assassino, solo perché era l'unico che poteva passare attraverso...

Oh, merda. Il condotto...

«Quoth...» Cercai di convincere il mio cervello a inviare un messaggio alla bocca, ma mi ci volle un'eternità prima che riuscissi a far sì che le mie labbra formassero le parole. «Devi volare fuori dal condotto.»

«Condotto?»

«Il condotto di ventilazione. Quello che hai scoperto. Lassù.» Riuscii a sollevare una mano e a puntare un dito tremante sul riquadro in cima alla parete. «Vola fuori. Cerca aiuto.»

Quoth si trasformò al rallentatore e volò verso la grata in alto sulla parete, ma sul piccolo corpo da corvo gli effetti del gas erano ancora più forti, e il gas saliva verso l'alto. Gli ci vollero quattro tentativi prima di riuscire a volare abbastanza in su da raggiungere l'apertura. Affondò il becco nella grata e cercò di sganciarla, ma il suo volo era irregolare. Continuava a scivolare.

Non posso... mi sto stancando... Mi gracchiava nella testa.

«Ti aiuto io... uccellino...» Heathcliff si tirò in piedi aggrappandosi al bordo del tavolo. Attraversò la stanza barcollando proprio nell'istante in cui Quoth iniziava a scivolare lungo la parete, con gli artigli che cercavano disperatamente di afferrare la grata.

Con un ultimo sforzo, Heathcliff raggiunse il muro. Afferrò la statua che Morrie aveva in mano e la scagliò. Quoth si scansò e cadde all'indietro finendo sul tavolo. La statua colpì la grata fece saltare il gancio e la fece cadere a terra, con un gran rumore di ferraglia.

«Presto...» ansimai.

Quoth spiegò le sue ali nere come la notte e si alzò in volo. All'ultimo secondo, appiattì le ali sul corpo e si tuffò nel condotto. E sparì.

Heathcliff crollò in ginocchio, grattando il pavimento con le nocche delle dita.

«Ci sono io, amico...» Morrie gli si avvicinò strisciando e poi gli si sdraiò accanto, per prenderlo tra le braccia. Sentii una specie di grugnito e capii che stava cercando di trascinare il corpo di Heathcliff sul tappeto fino a me. «Stiamo arrivando, bellezza...»

Con le poche energie rimaste, mi trascinai verso di loro. Il braccio di Morrie crollò su una mia spalla, e mi sentii tirata verso di lui. Tutto sembrava lontano e senza importanza. In fondo, chiudere gli occhi non sembrava un'idea così pessima e...

CRASH.

Ero vagamente consapevole che da qualche parte, lontano, il mondo si stava spaccando. Mi accoccolai meglio, affondando nel calore di Morrie e Heathcliff mentre esalavamo l'ultimo respiro insieme...

SMASH... TRAAACK...

Vidi delle luci brillanti.

Questa è la fine. Questa è la fine.

Almeno ho avuto una bella vita. Ho seguito i miei sogni, ho cercato di essere buona, ho mangiato un sacco di dolci e ho fatto tonnellate di sesso con cattivi letterari.

«Mina...» sussurrò Morrie. «Guarda.»

Non voglio guardare. Voglio dormire.

Un dito mi premette sulla nuca, colpendomi con insistenza.

Va bene, va bene, guarderò, ma poi dovrai lasciarmi morire in pace...

Mi ci volle tutta la forza che mi era rimasta per aprire gli occhi. Fissai un paio di luci accecanti. Forse eravamo già morti? Ma tecnicamente ero già morta una volta, ed era stata molto più liquida di questa. La mia amica Bree, che sa fare cose interessanti con i fantasmi, mi aveva detto che quando si muore si vede una luce. Perché io ne vedevo due? E si stavano ingrandendo man mano che si avvicinavano e...

PEEEE!

Non è giusto. Dovremmo sentire le trombe celesti, non il clacson di un'auto...

Un clacson...

Fu allora che i dettagli della scena davanti a me divennero più concreti. Riuscivo a distinguere la sagoma della Range Rover di Jonathan, con il cofano ammaccato e accartocciato, al centro della stanza, con pezzi di mattoni, legno e intonaco, tutti ammassati intorno. Dietro di essa, un enorme buco irregolare apriva la stanza sul mondo esterno.

«Che io sia dannato» borbottò Heathcliff mentre lottava per mettersi in ginocchio, con il petto che si sollevava mentre respirava l'aria fresca che entrava nel buco.

«Uccellino...» esclamò Morrie senza fiato.

Quoth mise la testa fuori dal finestrino, salutandoci da dietro le macerie. «Jonathan aveva ragione su una cosa: un bel motore diesel salverà la situazione.»

33

Quoth corse da me, mi prese sotto le ascelle e mi trascinò fuori dal buco che aveva creato, sul prato zuppo. Respirai a fondo per inalare l'aria fresca. Schegge di ghiaccio mi trafiggevano i polmoni, ma ero grata di provare quel dolore. Lo sentivo perché ero *viva*.

Grazie a Quoth.

«Tu...» rantolai nello sforzo di parlare. «Mi hai salvato... di nuovo.»

«Sempre.» Mi baciò la cima della testa. «Troverò sempre un modo per arrivare a te nell'oscurità.»

Mi aggrappai a lui mentre respiravo e singhiozzavo, grata per il suo calore, il suo amore e la sua ingegnosità. La pioggia fredda e pungente ci colpiva, spazzando via le mie lacrime prima ancora che scendessero.

Quoth mi accarezzò i capelli. «Posso allontanarmi? Non vorrei, ma devo andare a prendere Morrie, Heathcliff e Donna. Sono ancora troppo deboli per muoversi.»

«Sì. Vai...»

Quoth mi mise a terra, coricandomi in posizione di

sicurezza, nel caso fossi svenuta… immaginai. Tremavo come una foglia, sdraiata nel prato infangato. Rantolavo e tossivo mentre respiravo aria vitale e al contempo il mio corpo espelleva il veleno, quando un lampo illuminò il cielo e notai una forma scura che si muoveva ai margini dei campi.

«È Jonathan!» urlai, anche se credo che l'unica cosa che mi uscì fu un rumore roco. «Sta scappando.»

«No, non scappa!» gridò Heathcliff. Mi passò davanti di corsa, con l'accappatoio bianco che sventolava mentre inseguiva Jonathan con un oggetto pesante in mano: la spada cerimoniale di Morrie. Nella corsa, si aggrappò al braccio di Quoth e lui lo seguì saltellando, per poi assumere la sua forma di uccello a mezz'aria e spiccare il volo davanti a Heathcliff.

Ma non capivo come avrebbero potuto prenderlo. Jonathan era molto lontano dalla casa e nemmeno Heathcliff sarebbe stato in grado di colmare quella distanza. E poi, Jonathan conosceva la tenuta meglio di chiunque altro. Una volta che lui e Fergus si fossero addentrati tra gli alberi, sarebbero riusciti a fuggire.

Ma Heathcliff non inseguì Jonathan. Deviò dal sentiero e insieme a Quoth si fiondò verso una struttura scura.

La voliera.

La voce di Quoth risuonava chiara nella notte, le sue grida gracchianti ben udibili al di sopra dei lamenti del vento. Non riuscivo a capire cosa stesse dicendo agli altri corvi, ma loro rispondevano a gran voce. Heathcliff si scagliò sul cancello con un urlo, battendo forte la serratura con il pomo della spada. A causa del black-out, non poteva fare altro che rompere il lucchetto. Spalancò il cancello e diverse forme scure gli passarono davanti alla testa alzandosi in volo.

Quoth si unì allo stormo, scese in picchiata e gracchiò istruzioni qua e là. Tutti insieme si librarono sul prato, maestosi e terrificanti, inseguendo il loro carceriere. In realtà io vedevo solo delle maestose macchie nere che si libravano e danzavano mentre lottavano contro la tempesta. Si tuffarono tra gli alberi. Un attimo dopo, l'urlo di Jonathan squarciò la notte.

Fergus uscì di corsa dagli alberi, dritto tra le braccia di Heathcliff. «Non preoccuparti, ragazzo.» Heathcliff abbracciò il cane. «Ora sei al sicuro.»

34

Morrie rimase con me, stringendomi forte nel tentativo di scaldarmi un po', mentre Heathcliff e Quoth trascinavano Jonathan a peso morto verso la casa. All'improvviso si accesero le luci in tutte le stanze e da uno dei fabbricati annessi si levò un brontolio sommesso. Qualcuno aveva rimesso in funzione il generatore.

«È vivo?»

«Certo, e lo rimarrà finché avrà espiato tutti i suoi peccati» grugnì Heathcliff mentre gli facevano fare i gradini per arrivare al ristorante. «Quando si sveglierà, si pentirà di non essere morto.»

«Che gli serva da lezione: mai far arrabbiare un corvo.» Quoth lasciò le gambe di Jonathan, che crollarono sul tappeto. Heathcliff lo trascinò nella sala da pranzo privata dove ci aveva tenuti prigionieri. Quoth aveva preso i suoi vestiti dalla biblioteca e se li era rimessi, in modo che nessuno si chiedesse perché andasse in giro nudo.

Heathcliff legò le mani di Jonathan con una cravatta, tolse tutte le spade che c'erano in giro e chiuse la porta dietro di sé. Ci riunimmo nel ristorante, dove alcuni ospiti e gli altri scrittori si erano riuniti dopo aver sentito il boato e la scossa dell'auto che aveva abbattuto il muro della biblioteca.

«Beh, che io sia dannato!» esclamò Charlie mentre Heathcliff lo metteva al corrente di ciò che era successo. «Il colpevole era il custode. Fin dall'inizio. Quel Jonathan ci ha proprio fregati.»

«Mina non ci è cascata» disse Heathcliff con voce gonfia di orgoglio mentre mi abbracciava, ancora con il morbido accappatoio addosso. «Lei ha unito tutti i puntini. Non male per una dilettante, no?»

Charlie sembrò sprofondare, sotto lo sguardo di Heathcliff. «È... è davvero impressionante, Mina» mormorò mentre arretrava. «Ritiro tutto quello che ho detto prima sugli investigatori dilettanti. Se volete scusarmi, ora devo andare a... a mettere in sicurezza i miei testicoli.»

«E farai bene!» borbottò Heathcliff mentre Charlie si faceva strada tra i presenti.

«Non posso credere che tu sia riuscito a sfondare il muro con quella macchinina!» esclamò Christina, intenta a strofinarmi le dita gelate.

«Mentre ero fuori, ho notato che Jonathan aveva lasciato le chiavi nel Range Rover» spiegò Quoth con modestia. «Nemmeno le mura di un antico maniero possono resistere a quella bestia di veicolo.»

«Per prima cosa, quando torno ad Argleton, ne compro una» disse Morrie. «Anzi no, facciamo tre!»

«Dovrai passare sul mio cadavere» mormorò Heathcliff.

«Si può fare» ribatté Morrie.

«Sei stato davvero coraggioso» esclamò Christina, rivolgendosi a Quoth con una nota di desiderio nella voce. «È così raro incontrare un uomo che sia coraggioso e anche bello. Killian non è né l'uno né l'altro, ed è per questo che lo scaricherò non appena usciremo di qui. Così sarò single, giusto perché tu lo sappia.»

Non potei fare a meno di scoppiare a ridere di fronte alla faccia disperata di Quoth. Mi girai l'anello di fidanzamento al dito.

«Ma come facevi a sapere che Mina, Heathcliff e Morrie erano intrappolati nella biblioteca?» si intromise Vivianne. «Nessuno di noi aveva sentito nulla, con quelle pareti così spesse.»

«Oh, beh, io...»

«E hai la camicia al rovescio.» Christina prese i bottoni di Quoth. «Vieni, che ti sistemo io.»

«No, no. Non ti preoccupare...»

«Fate spazio!» urlò Morrie entrando barcollante nel ristorante, con Donna tra le braccia. Heathcliff spazzò via le porcellane da uno dei tavoli e Morrie la adagiò; le tenne la testa sollevata e le sussurrò all'orecchio qualcosa che la fece balzare in piedi.

«Sto bene.» Si guardò intorno. «Che è successo? Ricordo solo che stavo andando verso il bagno e qualcosa mi ha colpito alla nuca...»

«Jonathan ha cercato di ucciderti» le spiegai. «Ed è stato lui a uccidere Hugh, perché tu gli avevi rubato il manoscritto e Hugh stava per pubblicarlo. Ha cercato di uccidere anche me e i miei fidanzati, ma Allan è riuscito a fermarlo sfondando il muro della biblioteca con un'auto.»

«Spero che tu abbia un buon impresario a portata di mano» commentò Heathcliff. «Perché ora c'è un buco su un muro esterno.»

Donna aveva un'aria del tutto sconcertata. «Ma...»

«E probabilmente dovresti lasciar perdere l'idea di pubblicare quel manoscritto» aggiunse Morrie. «Rubare le parole di un altro scrittore è un crimine imperdonabile, a meno che non siano di dominio pubblico e tu non trasformi i loro personaggi malvagi in sdolcinati eroi romantici, nel qual caso va benissimo.»

«Ma... perché i corvi sono tutti alle finestre? E quello cos'è?» Donna puntò un dito tremante verso la macchia sul tappeto dove Heathcliff e Quoth avevano portato dentro Jonathan. «È sangue?»

«Sì.»

Heathcliff non fornì ulteriori dettagli, e Donna si portò una mano alla fronte. Sembrava sul punto di svenire di nuovo. Ma poi si fece avanti Vivianne.

«È stato un fine settimana terribile. Avrete notizie dal mio avvocato» dichiarò arrabbiata.

«E anche dal mio» intervenne Charlie dal fondo della stanza.

«E io darò solo tre stelle a questo hotel su Tripadvisor» aggiunse Killian.

«Tre stelle? Con un omicidio?» Vivianne sembrava inorridita.

Killian scrollò le spalle. «Beh, l'impacco di fango era *eccellente*.»

«Io ho trovato tutto molto divertente» disse Christina rianimata, prima di gettarmi le braccia al collo. «Voglio dire, non la parte dell'omicidio, ma il resto sì. Sono così contenta che tu stia bene, Mina. Pensa: abbiamo partecipato a un vero e proprio giallo!»

«Fidati, dopo un po' smette di essere così emozionante» mi lamentai.

«Ti piace, ammettilo» disse Quoth mentre mi aiutava a sedermi a un tavolo vicino.

«Okay, d'accordo. Ammetto che mi è piaciuto molto avere ragione su chi era l'assassino.» Rabbrividii. «Però non voglio mai più essere avvelenata con il gas.»

«Neanche io sono un fan del gas» aggiunse Morrie. «Per me il soffocamento va bene solo nei giochetti sessuali kinky.»

«Sento odore di bacon.» Il mio stomaco brontolò mentre annusavo l'aria. Dalla cucina si sentiva il rumore di qualcuno che preparava la colazione, anche se era un po' presto. Mi venne l'acquolina in bocca. Dovevano essere le tre del mattino, ma all'improvviso avevo una gran fame.

«E profumo di sanguinaccio.» La voce di Heathcliff risuonava di felicità.

«E anche salsiccette!» gridò Morrie tutto allegro.

Quoth mi accarezzò la mano. «Qualcuno può portare alla nostra fidanzata qualcosa da mangiare?»

Fidanzata.

Sollevai la mano verso la luce, per ammirare le pietre scintillanti e il filo di metallo ritorto che le teneva unite. In tutto quel caos, avevo quasi dimenticato che in biblioteca i ragazzi mi avevano chiesto di sposarli.

E io avevo accettato.

Io, Mina Wilde, investigatrice dilettante cieca, cacciatrice di vampiri e comproprietaria di una libreria, ero ufficialmente fidanzata con i tre uomini più meravigliosi del mondo. Uomini che non avrebbero nemmeno dovuto esistere al di fuori dei libri, ma che mi avevano trovata quando ne avevo avuto più di bisogno e avevano dimostrato più volte che mi avrebbero sempre, sempre, sempre coperto le spalle. E portato il bacon.

Appoggiai la testa sulla spalla di Quoth. «Mi dispiace tanto.»

«Per che cosa?»

«Per aver dubitato di voi.» Sbirciai Morrie e poi posai lo sguardo sui lineamenti tempestosi di Heathcliff. «Per aver sospettato che foste tutti assassini, mentre in realtà mi stavate solo organizzando questa bella proposta romantica.»

«Non importa.» Heathcliff si chinò e mi baciò con

sorprendente tenerezza. «Morrie aveva ragione a ridere. Se penso al modo in cui ci siamo comportati, è ovvio che avresti sospettato di noi. Dalla notte in cui abbiamo trovato il corpo di Ashley nel negozio, hai imparato a credere nell'impossibile e a mettere in dubbio ogni cosa.»

«Mi sento malissimo. Non avrei mai dovuto dubitare di voi.»

«Ehi, bellezza, mettiamo subito le cose in chiaro.» Morrie si lasciò cadere sulla sedia di fronte a me. Allungò le braccia sul tavolo e prese le mie mani tra le sue. «Su una cosa avevi ragione: spaccherò la testa a chiunque ti faccia un torto.»

«Non se lo becco prima io» borbottò Heathcliff.

«Noi faremo *di tutto* per proteggerti, Mina. Qualsiasi cosa. E quindi il fatto che tu abbia pensato che avevamo fatto fuori Briston non ci turba. A dirla tutta, forse l'avremmo anche fatto, se tu non ci avessi chiesto di non farlo. Era un uomo terribile e il mondo dell'editoria starà meglio senza di lui.»

«Ehilà!» gridò Vivianne mentre mi posava davanti un piatto di cibo. «Hugh se n'è andato per sempre e io ho ancora il mio contratto editoriale, quindi alla fine tutto si è risolto alla perfezione. Mangia, mia cara. Ce n'è ancora per tutti.»

ERAVAMO a metà del nostro secondo piatto di bacon, frittelle di patate, sanguinaccio, uova, pomodori e salsicce quando Donna entrò barcollando nel ristorante e annunciò che la rete mobile funzionava di nuovo.

«Le squadre di riparazione sono al lavoro. Devono avere sistemato il ripetitore» spiegò. «Ho appena parlato al telefono con la polizia. Manderanno subito un'auto per arrestare

Jonathan e rimuovere il corpo di Hugh, oltre a una squadra di soccorso per liberare la strada.»

Scoppiò un fragoroso applauso.

«È stata una nottata folle, e ringrazio tutti per la vostra pazienza e comprensione, e spero che non ve la prenderete con la Meddleworth o con il mio staff. Il mio team passerà tra poco con dei buoni gratuiti per tutti, per l'accesso al centro benessere. E, Mina, grazie.» Donna si avvicinò e mi strinse la mano. «Tu e i tuoi ragazzi mi avete salvato la vita. Senza di voi, saremmo ancora intrappolati in quella sala da pranzo, a incolparci l'un l'altro per l'omicidio, quando invece era stato quel disgraziato di Jonathan.»

Cercai di sorridere, ma credo che mi uscì una smorfia.

«Devo tornare al lavoro. Ci sono molte cose da fare. Godetevi la colazione.» Donna si staccò dal gruppo e la sentii parlare al cellulare: stava rilasciando un'intervista alla stampa e con un secondo telefono scattava delle foto per i social ai corvi e al buco nel muro. Ricevette una seconda telefonata e quando sentì che si trattava della BBC, fece un vero e proprio gridolino di gioia.

Era stata quasi uccisa perché aveva rubato il manoscritto di Jonathan per fare soldi con la Meddleworth, e adesso cercava di usare tutta quella storia per aumentare la visibilità della tenuta e del centro benessere.

In qualche modo, dubitavo che Donna Bollstead avesse imparato qualcosa dagli eventi di quel fine settimana.

«Mina, ero passato per farti i miei migliori auguri. Ora vado via. Vado ad aiutare i soccorritori a gestire il traffico sulla strada.» Charlie Doyle ci fece un cenno con il capo mentre passava davanti al nostro tavolo. Accanto a me, Heathcliff si irrigidì, ma io posai una mano sulla sua.

«Grazie» gli dissi. «Anch'io ti auguro ogni bene. Che cosa farai adesso?»

«Mi ritirerò dal contratto con la Red Herring e porterò il mio libro altrove. Non ho lavorato a quel manoscritto per dieci anni per poi farlo riscrivere da qualcun altro. Voglio vedere stampate le mie parole. Altrimenti, sarà un successo da poco. Buona fortuna per tutto, Mina. Magari il tuo libro non mi è piaciuto, però devo ammettere che sei un'ottima detective.»

Io ero raggiante. *Oh, Charlie, tu non ne hai idea.*

35

«Mi dispiace vederla andare via.» La voce di Morrie era colma di dolore mentre guardavamo (beh, loro guardavano, io ascoltavo) un carro attrezzi che faceva scricchiolare il ghiaino sul vialetto e portava verso la loro ultima dimora i rottami della piccola Leaf di Morrie insieme a ciò che rimaneva della Range Rover di Jonathan.

«Spero che tu abbia imparato la lezione» commentò Heathcliff. «Le auto elettriche e le menti criminali del 1800 non vanno d'accordo.»

«È una questione di opinioni. James Moriarty ha finalmente assaggiato la libertà di stare al volante, e non l'abbandonerà mai.» Sorrise. «Quando torneremo ad Argleton, prenderò il brevetto di pilota di volo.»

«Non credo proprio! Se poi muori, chi ci comprerà quei costosi vini francesi?»

«Non essere sempre così acido e angustiato. Andrà tutto bene.» Morrie agitò una mano con disprezzo verso il cielo. «Guarda che enorme distesa blu. Ci sono decisamente meno posti dove andare a sbattere. Forza, meglio non fare tardi, o perderemo l'autobus.»

«Sì.» Mi sistemai bene in spalla la borsa. «Torniamo alla Nevermore. Voglio vedere se Grimalkin sta bene.»

ARRIVAMMO ad Argleton quattro ore dopo, stanchi e musoni, impuzzoliti dalle arachidi salate che Morrie si era portato dietro come spuntino e che aveva rovesciato per sbaglio nella mia borsa Vivienne Westwood. Non che io fossi amareggiata o altro, ovviamente!

«È diventato più piccolo» disse Quoth mentre fissavamo il negozio.

«Vero. È decisamente angusto.» Morrie si rivolse a Heathcliff. «Ricordami perché non viviamo in una dimora con tanto di fossato e centro benessere?»

Heathcliff fece una smorfia. «Almeno è ancora tutto intero. Quella Bree non è poi così terribile. Sempre che quel babbeo del suo centurione non abbia fatto buchi alle pareti con le spade.»

«Senti chi parla» sorrisi, pensando alla spada di Heathcliff che tremolava, piantata nella parete della biblioteca.

La porta si aprì di scatto. «Mina, sei tornata!» Bree corse giù per i gradini e mi gettò le braccia al collo, poi mi prese la borsa e cominciò a trascinarla dentro. «Ho una sorpresa per te.»

«Ho parlato troppo presto» mormorò Heathcliff mentre entrava nel negozio dietro di noi.

«Grimalkin sta bene?» le chiesi. «Sono stata in pensiero per lei. Mi dispiace di non aver risposto ai tuoi messaggi. Le cose alla Meddleworth si sono fatte un po'... movimentate.»

«Forte! E sì, sta bene. Ma... venite!»

Incuriosita, dissi a Oscar di seguire Bree attraverso il negozio fino al nostro appartamento al secondo piano. Bree aveva riordinato un po' e aveva acceso il fuoco, che riempiva la stanza di un bel tepore.

«Spero che quella gatta non sia sulla mia sedia» brontolò Heathcliff barcollando verso la sua poltrona preferita.

Bree gli si mise davanti per bloccarlo. «Controlla, prima di sederti.»

Schivai Heathcliff e sbirciai oltre il bracciolo della sedia. Lì, avvolta in una calda coperta e sorridente come la regina di Saba, c'era Grimalkin.

Ma non era sola.

Sei piccoli batuffoli pelosi si dimenavano accanto a lei, contendendosi le sue mammelle.

«Ommioddiooooo...» Mi misi ad accarezzarne uno sulla guanciotta. «Quando è successo?»

«Ieri sera tardi» disse Bree, inginocchiandosi accanto a me e accarezzando la testa di Grimalkin. «Quando l'ho portata dal veterinario, ha detto che non era malata. E neanche obesa. Era incinta. Così le ho preparato un bel letto caldo e lei ha fatto un lavoro splendido. Un vero soldato.»

Risi. «Non posso credere che non ci siamo accorti che era incinta.»

«Credo che non ci sia mai venuto in mente» disse Quoth, sedendosi sul tappeto. Uno dei gattini rotolò giù dal bordo della sedia e Quoth lo afferrò al volo, poi si avvicinò alla guancia il pelosetto nero e lo accarezzò.

«A dire il vero, non sapevamo che le gatte mutaforma, che in realtà sono antiche ninfe, potessero rimanere incinte» commentai mentre cullavo tra le mani un gattino bianco e nero. Faceva dei piccoli e flebili *miao* e mi graffiava un pollice con i minuscoli artigli.

«Questi gattini non sono piuttosto precoci?» chiese Heathcliff. «Di solito, appena nati non vedono, né sentono o camminano.»

Lo guardai con interesse.

«Non che io sappia nulla di gattini» aggiunse in fretta. «Piccoli esseri maledettamente fastidiosi.»

Guardai mia nonna che, sdraiata sulla schiena, si godeva le nostre attenzioni. «Potrebbe essere la sua magia? Magari i gattini ne hanno ereditato un po'? Sarebbe in linea con la personalità di Grimalkin: far invecchiare in fretta i suoi figli, così da non doverli accudire tanto.»

«Miao.» Grimalkin mi lanciò uno sguardo che diceva chiaramente: *Mi dispiace, ma io sono una madre eccellente.*

«Non ho portato i gattini dal veterinario proprio per questo motivo» spiegò Bree. «Ho pensato che fosse solo un altro degli strani avvenimenti della Libreria Nevermore.»

Una gattina dagli occhi vivaci e dalle strisce soriane si staccò dai fratelli e dalle sorelle e si diresse audace verso una pila di libri sul tavolino. Si avvicinò con delicatezza a una copia di *Una stanza tutta per sé* e poi le diede un'allegra spintarella con le zampe e la fece scivolare a terra. Si precipitò dietro di essa e iniziò a mordicchiarne l'angolo.

«Sei una piccola avventuriera.» Allontanai il libro e lei lo seguì, muovendosi su piccole zampette tremanti. «Ti chiamerò Woolf. Come Virginia Woolf.»

«Fantastico, ora dà anche un nome a tutti» brontolò Heathcliff. «Se gli affibbi nome, poi non possiamo più darli via...»

«Miaaaoooooo...» Grimalkin fece un verso che ci fece capire come la pensava.

«Bau» aggiunse Oscar. Annusò i gattini, entusiasta di avere nuovi amici.

«Certo che li regaliamo. Come hai potuto?» replicò Heathcliff lanciando un'occhiataccia a Grimalkin.

«Miao!»

«Come se questo negozio non fosse già un incasinatissimo

serraglio, con cani, gatti, uccelli e clienti, e adesso anche con sei palle di pelo che ci intralceranno ogni passo, che distruggeranno i mobili, rovesceranno le bottiglie di whisky e...»

Quoth lasciò cadere il gattino nero nelle mani di Heathcliff.

Le parole gli morirono sulle labbra. Sollevò le mani, spalancò gli occhi e il suo sguardo torvo si ammorbidì mentre guardava il gattino nero come la pece che si dimenava tutto.

«Miao?» Il gattino si avvicinò, si chinò e sbatté la testa sul naso di Heathcliff.

«L'avete visto?» mormorò lui.

«Come si chiama?» gli chiesi.

«Maximillian» esclamò lui pronto.

«Se gli dai un nome, poi vorrai tenerlo» disse Morrie con un sorriso nella voce.

«Certo che lo terremo. Chi ha mai avuto un'idea così barbara come dare via i gattini della nonna di Mina? Questi sono i suoi zii» disse Heathcliff con assoluta convinzione. Maximillian si arrampicò sulla sua spalla e gli si accoccolò tra i capelli.

«Posso chiamarlo Al Gattone?» disse Morrie, agitando un dito in direzione di un piccoletto bianco e nero. «Ha lo smoking, quindi è come me: vestito in modo impeccabile per le nostre malvagità.»

«E questo è Pantalone» disse Heathcliff, voltandosi in modo che tutti vedessimo il piccolo fagottino tartarugato che gli stava puntando gli artigli nel sedere. Morrie scoppiò a ridere.

«Credo che questo fanciullo sia Phineas» disse Quoth, mentre si scostava i capelli e vi trovava un piccoletto rossiccio che stava dormendo tutto acciambellato.

«Il nome a questa lo dai tu» dissi a Bree, indicando una piccola madama bianca come la neve che non si era allontanata molto dalla madre e che guardava con disprezzo tutti i suoi fratelli e sorelle. «Dopotutto, se non fosse stato per il tuo aiuto, Grimalkin avrebbe potuto avere delle difficoltà. E Heathcliff ha ragione: questi gattini sono parte della famiglia, e anche tu.»

«Miao» confermò Grimalkin.

«Oh...» Bree prese la piccoletta tra le mani. «Wow... certo. Che ne dici di Peanut? Edward dice che quando è nata assomigliava un po' a una nocciolina. Che ne pensi?»

«Peanut andrà benissimo.»

Woolf saltò sui lacci delle mie scarpe e io abbracciai forte Bree e Quoth mentre scoppiavo a ridere. Morrie corse in cucina e tornò con un piattino di latte e qualche leccornia per Grimalkin, mentre Heathcliff guardava con occhi spalancati Maximilian che gli si muoveva lungo il braccio in equilibrio, come un funambolo.

La Libreria Nevermore stava cambiando in più di un senso. E non potevo essere più felice di così.

36

La mattina dopo, controllai Grimalkin e i gattini, aiutai Heathcliff ad aprire il negozio e poi andai dall'altra parte della strada alla Nevermore Gallery. Quoth stava esponendo una serie di acquerelli fatti da un artista locale, che ritraevano punti importanti del villaggio. C'erano già alcuni turisti che curiosavano tra le vivaci opere d'arte che Quoth aveva appeso a ogni superficie. Nello spazio artistico comune, c'erano due ceramisti che, chini su due ciotole appena cotte, le dipingevano con smalti multicolori.

«A cosa devo il piacere di vedere la mia fidanzata prima della sua seconda tazza di caffè?» mi provocò mentre mi prendeva tra le braccia.

«Volevo andare di sopra a scrivere un po'.»

«Ma certo. È tutto pronto per te.» Quoth si passò una ciocca di capelli dietro l'orecchio. «Sono felice di sapere che continuerai a scrivere. Dopo l'incubo della Meddleworth e la scomparsa di Hugh Briston, non pensavo che avresti voluto riprendere in mano la penna.»

«In realtà, è proprio il contrario. Da quando siamo tornati, non vedo l'ora di sedermi a lavorare al mio libro. Hugh sarà stato pessimo, ma ho imparato alcune cose da lui. Inoltre, ho mandato dei messaggi a Christina. Vive a Londra e pensiamo che qualche fine settimana potremmo trovarci per lavorare insieme alle bozze.»

«Ti parla ancora, nonostante tu l'abbia sospettata di essere un'assassina?»

«Le donne scrittrici dovrebbero restare unite» commentai. «Ha detto di essere lusingata dal fatto che l'abbiamo considerata una dei sospettati, e pensa che potrebbe scrivere una versione dell'intera vicenda in uno dei suoi futuri libri.»

«E tu?» Quoth si avvicinò. «Il mistero della stanza chiusa alla Meddleworth diventerà una delle storie di Mina Wilde?»

«Non lo so. Per ora sono solo grata di essere lontana, molto lontana da quel castello.» Mi illuminai. «Ah, e Christina ha deciso di autopubblicare il suo ultimo libro. Pensa che dovrei farlo anch'io.»

«Questo non significherebbe vendere i tuoi libri attraverso il Negozio-che-non-si-deve-nominare?» chiese cupo Heathcliff mentre lui e Morrie facevano capolino. «A persone che leggono ebook?»

«Ehi, gli ebook sono fantastici» gli dissi. Da quando la mia vista aveva cominciato a peggiorare leggevo su un Kindle. Ora ascoltavo soprattutto audiolibri, e Heathcliff aveva avuto da ridire anche su quelli. «E Christina mi ha spiegato che si possono anche stampare delle copie da vendere in negozio. Da come me ne ha parlato, mi è sembrata una cosa molto bella.»

«Mina Wilde, autrice pubblicata.» Quoth mi abbracciò. «Suona bene.»

«Vero. Ma in realtà credo che userò uno pseudonimo. La storia è troppo vicina alla nostra vita reale: non voglio che la gente si faccia un'idea sbagliata di noi, o che sospetti che qualcosa sia vero e ti porti da qualche parte perché ti studino.» Rabbrividii al pensiero che qualcuno potesse fare del male a

Quoth. «E poi non voglio che mia madre legga tutte quelle scene di sesso.»

«Oooh, una falsa identità sotto la quale si può fare ogni genere di baggianate.» Morrie si sfregò le mani con gioia. «Possiamo dare dei suggerimenti?»

«Nessun suggerimento.» Incrociai le braccia e gli lanciai un'occhiataccia. «Ehi, ma non dovreste essere al negozio? Ho visto entrare un sacco di gente.»

«Siamo di troppo» spiegò Morrie. «Sono venuti tutti a vedere i gattini.»

«Non sono in vendita» lo minacciò Heathcliff.

Il burbero e scontroso Heathcliff si era davvero adattato a quella nostra vita caotica e piena di animali.

«Nessuno compra niente, e Grimalkin sta tenendo banco in forma umana, il che infastidisce da morire Heathcliff, così andiamo da Oliver a prendere un po' di pasticcini.»

«E latte per i gattini» aggiunse Heathcliff.

«Oooh, pasticcini!» Ero felice. «Portatecene un po'. Ma non pensate di potervi rilassare oggi. Avete del lavoro da fare.»

«Quale lavoro?»

«Ho una scadenza per il libro e ci sposiamo tra tre mesi.» Consegnai a Heathcliff una spessa cartella fucsia. «È meglio che vi diate da fare. Dovete organizzare un matrimonio.»

CONTINUA

Presto nella libreria Nevermore suoneranno le campane a nozze, ma quando il prete verrà trovato morto Mina non avrà da preoccuparsi solo dei posti a sedere e della torta. Riuscirà il nostro quartetto a dire il fatidico sì in tutto quel caos? Scopritelo nell'ultimo libro della serie Nevermore Bookshop Mysteries – *Agitare prima di leggere.*

LEGGI
http://books2read.com/plotandbothereditalian

**Non ne avete mai abbastanza di Mina e dei suoi ragazzi?
Leggete gratuitamente una scena alternativa dal punto di
vista di Quoth e altre scene bonus e storie extra iscrivendovi
alla newsletter di Steffanie Holmes.**

http://www.steffanieholmes.com/newsletteritalian

DALL'AUTRICE

Bentornati alla Libreria Nevermore. So che è passato un po' di tempo da quando abbiamo varcato la porta d'ingresso per incontrare un gigante brontolone e adorabile, un genio del crimine soave e sfacciato e un corvo bello e gentile (e non dimentichiamo l'armadillo impagliato).

Ho scritto questo libro mentre il mio Paese, la Nuova Zelanda, era colpito dal ciclone Gabrielle. Uno dei nostri pannelli solari ha preso fuoco, il tetto della mia serra è volato via (non sappiamo ancora dove) e i miei genitori, che vivono nella zona più colpita, sono rimasti dispersi per tre giorni. È stato davvero... impegnativo.

Ma la compagnia di Mina, Heathcliff, Morrie e Quoth mi ha mantenuto sana di mente. Fin dall'inizio sapevo di voler affrontare un mistero a porte chiuse, e il ciclone mi ha dato l'ispirazione per la tempesta che ha intrappolato Mina e i suoi colleghi scrittori alla Meddleworth. Peccato che la mia casa non abbia un centro benessere.

Spesso i lettori mi dicono che amano questa serie, che dà loro una sensazione di sicurezza, di calore e di intimità. Mi piace questa cosa! Anche io provo questa sensazione quando scrivo.

Spero che *De Libro e Castigo* vi sia piaciuto tanto quanto a me è piaciuto scriverlo. E spero che siate pronti per il finale della serie, con *Agitare prima di leggere*.

Se volete chiacchierare di tutto ciò che riguarda la Nevermore, ricevere aggiornamenti e un libro gratuito di scene tagliate e storie bonus, potete iscrivervi alla mia newsletter - http://steffanieholmes.com/newsletteritalian.

Una parte del ricavato di ogni libro Nevermore venduto va a sostegno dell'associazione cani guida neozelandese, la Blind Low Vision NZ Guide Dogs, e nel mio gruppo Facebook condivido sempre foto e video di cani guida.

Sono felice che questa storia vi sia piaciuta! Sarei molto felice se voleste lasciare una recensione su Amazon o Goodreads. Aiuterà altri lettori a trovare la loro prossima lettura.

Grazie, grazie! Vi voglio un sacco di bene! Alla prossima volta.

Steffanie

INFORMAZIONI SULL'AUTRICE

Steffanie Holmes è autrice bestseller di *USA Today* e scrive romanzi dark, gotici e peccaminosi. I suoi libri sono caratterizzati da eroine intelligenti e spiritose, società segrete, antiche dimore da brivido e maschi alfa che ottengono *sempre* ciò che vogliono.

Ipovedente dalla nascita, Steffanie ha ricevuto il premio Attitude Award for Artistic Achievement nel 2017. È stata anche finalista del premio Women of Influence 2018.

Steffanie vive in Nuova Zelanda con il marito, la loro collezione di spade medievali e un'orda di gatti irascibili e.

Newsletter di Steffanie Holmes

Iscrivendoti alla newsletter di Steffanie Holmes riceverai una copia gratuita di *Cabinet of Curiosities:* un compendio di racconti e scene bonus scritte da Steffanie Holmes, compresa una scena bonus della Libreria Nevermore.

http://www.steffanieholmes.com/newsletteritalian
Segui Steffanie
www.steffanieholmes.com
steff@steffanieholmes.com